हिन्द पॉकेट बुक्स

हत्यारी प्रेमिकाएं

सुदर्शन चोपड़ा जाने-माने लेखक और संपादक थे। आपने हजारों पुस्तकों का जीवनभर संपादन किया और इतिहास पर कुछ उत्कृष्ट उपन्यास भी लिखे। संत महात्माओं एवं कवियों पर भी आपने जमकर कलम चलाई एवं हिन्दी साहित्य के विकास में अपना अमूल्य योगदान दिया।

हत्यारी प्रेमिकाएं

सुदर्शन चोपड़ा

हिन्द पॉकेट बुक्स
पेंगुइन रैंडम हाउस इम्प्रिंट

हिन्द पॉकेट बुक्स

यूएसए। कनाडा। यूके। आयरलैंड। ऑस्ट्रेलिया। सिंगापुर
न्यू ज़ीलैंड। भारत। दक्षिण अफ्रीका। चीन

हिन्द पॉकेट बुक्स, पेंगुइन रैंडम हाउस ग्रुप ऑफ़ कम्पनीज़ का हिस्सा है,
जिसका पता global.penguinrandomhouse.com पर मिलेगा

पेंगुइन रैंडम हाउस इंडिया प्रा. लि.,
चौथी मंजिल, कैपिटल टावर -1, एम जी रोड,
गुड़गांव 122 002, हरियाणा, भारत

पेंगुइन
रैंडम हाउस
इंडिया

प्रथम संस्करण हिन्द पॉकेट बुक्स द्वारा 1974 में प्रकाशित
यह संस्करण हिन्द पॉकेट बुक्स में पेंगुइन रैंडम हाउस द्वारा 2022 में प्रकाशित

10 9 8 7 6 5 4 3 2

ISBN 9789353492694

मुद्रकः रेप्रो इंडिया लिमिटेड

www.penguin.co.in

FSC www.fsc.org MIX Paper from responsible sources FSC® C047271

This is a legitimate digitally printed version of the book and therefore might not have certain extra finishing on the cover.

क्रम

हत्यारी प्रेमिकाएं

1. प्रतिहिंसा और प्रायश्चित्त

पुष्पा खरे बड़ौदा के राजकीय हायर सेकण्डरी स्कूल में संगीत-शिक्षिका थी। उम्र पच्चीस साल। कद मझोला। शरीर कसा-गदराया हुआ। रंग तांबई। उन्नत नितंब। गर्दन सुराहीदार तथा आवाज़ इतनी सुरीली कि सुनने वाला वीन-मोहित सर्प की तरह झूम उठे।

पुष्पा के पिता की मृत्यु हो चुकी थी। घर में विधवा मां तथा बारह वर्षीय एक छोटा भाई था। निम्न-मध्यवर्ग की सुशिक्षित युवती के मन में अपनी मां और भाई के प्रति मोह होना स्वाभाविक ही था। और फिर जबकि वह सिर्फ बेटी और बहन ही नहीं थी बल्कि दोनों की अभिभावक भी थी, तो वह अपने अभिभावकत्व से मुंह मोड़ने की सोच ही कैसे सकती थी!

अव्वल तो ऐसी परिस्थितियों में योग्य वर की तलाश में ही कठिनाइयां आ रही थीं, दूसरे जिन छोटे-मोटे रिश्तों की बात कभी चली भी, तो वे पुष्पा की पसंद के नहीं थे। इसके अलावा वह तब तक शादी करना नहीं चाहती थी जब तक उसका छोटा भाई पढ़-लिखकर कमाने लायक न हो जाए।

मगर जवानी तो किसी के भी हालात का लिहाज़ नहीं करती और बिन बुलाए आ चढ़ती है और फिर बिना इजाज़त ही अपने सारे-सारे तकाज़े भी करने लग जाती है। ऐसे तकाज़े जिन्हें लाख ज़िद करने पर भी ठुकराया नहीं जा सकता। पुष्पा ही कैसे ठुकरा

सकती थी। मगर वह इस सबके बावजूद ठोकर खाने से बची रहना चाहती थी। इसलिए यथासंभव वह अपने काम से ही काम रखती और हर समय संगीत-साधना में ही स्वयं को डुबोए रहती। फलस्वरूप अपने विषय में उसका योग्यता के खर्चे बड़ौदा के शिक्षा विभाग में होने लगे।

स्थानीय शिक्षा निदेशक दामले साहब ने ज़िले-भर के स्कूलों के संयुक्त सांस्कृतिक कार्यक्रम में एक बार पुष्पा द्वारा प्रशिक्षित बच्चों की आइटमें देखीं तथा स्वयं पुष्पा का भी गायन सुना तो अत्यधिक प्रभावित हो गए। पुष्पा के स्कूल को ट्राफी मिली तथा पुष्पा को विशेष तरक्की और प्रमाणपत्र।

सौजन्यवश एक दिन पुष्पा दामले साहब के कार्यालय में उन्हें धन्यवाद देने का कर्तव्य निबाहने चली गई।

दामले साहब ने कहा, "इसमें मैंने आपपर कोई कृपा नहीं की, बल्कि आपको प्रोत्साहन देकर अपना कर्तव्य पूरा किया है। आपकी योग्यता तो इस सबसे कहीं अधिक है, परंतु फिलहाल मैं जो कर सकता था मैंने कर दिया, बाकी फिर समय आने पर कोशिश करूंगा कि आपकी प्रतिभा तथा लगन को पूरी-पूरी रिकगनिशन मिल सके। मैं यह वादा करता हूं, मिस खरे।"

दामले साहब को बंबई से बदलकर बड़ौदा आए अभी कुछ ही महीने हुए थे। महाराष्ट्र शिक्षा सेवा में सीधे तौर पर चुने गए थे इसलिए अपेक्षाकृत छोटी उम्र में ही निदेशक के पद पर पहुंच गए थे। परिवार के लोग बंबई में रहते थे। परिवार भरा-पूरा था। पिता बंबई की एक शिपिंग कंपनी में उच्चाधिकारी थे। दामले साहब का विवाह अभी नहीं हुआ था, मगर सगाई एक बड़े अमीर घराने में हो चुकी थी। बंबई के एक करोड़पति के दामाद बनने वाले थे। उनका व्यक्तित्व खासा आकर्षक था तथा बातचीत का ढंग बड़ा ही मोहक।

पुष्पा पहली ही नज़र में दामले पर दिल हार बैठी थी। और शायद यही आकर्षण सौजन्य की आड़ देकर उसे दामले को धन्यवाद देने भी ले गया था।

दामले ने भी पुष्पा की निगाहें ताड़ ली थीं और शायद इन्हीं निगाहों की शह पाकर उन्होंने पुष्पा को उसी शाम अपनी कोठी पर चाय पीने का निमंत्रण दे दिया था।

पुष्पा अपने अधिकारी का यह निमंत्रण पाकर धन्य हो गई थी। और शाम को अपनी बेहतरीन साड़ी पहन नये ढंग का जूड़ा बनाकर, तथा आदत के विरुद्ध हलका-हलका परंतु संमोहक मेकअप करके जब वह मुस्कान बिखेरती तथा अपने गदराए तांबई तन के खतरनाक खम लहराती हुई दामले साहब के ड्राइंगरूम में जा पहुंची तो दामले के दिल में बिजली की एक तेज़ करंट दौड़कर उनकी नस-नस में झन्ना उठी। कुछ देर तक उनके मुंह से कोई बोल ही नहीं सरक पाया था, मगर फिर जैसे-कैसे स्वयं को सहेज-बटोरकर पुष्पा के जिस्म पर नज़रें गड़ाए-गड़ाए ही उसके स्वागत में कुछ शब्द कह पाए थे।

पुष्पा अपने रूप-यौवन का जादू चल गया देखकर मन ही मन कहीं अत्यधिक गर्वित अनुभव कर रही थी।

उस शाम तो दोनों में कोई विशेष बातचीत नहीं हो सकी थी। चाय पीते समय इधर-उधर की हलकी-फुलकी बातों के दौरान भी वे एक-दूसरे को नज़रों ही नज़रों में भरपूर पीते रहने में ही सुख पाते रहे। और फिर डेढ़-दो घंटे बाद मरे मन से बिछुड़ गए थे। पुनर्मिलन का वादा भर लिया दिया जा सका था।

परंतु पुनर्मिलन का वादा पूरा होने वाले दिन के बाद से पुष्पा और दामले का मेलजोल नियमित रूप से होने लगा था और धीरे-धीरे दोनों जने पूरी तरह परस्पर घुल-मिल चले थे।

पुष्पा का रूप-रंग भी दिनोंदिन खिलने लगा था। देखने वालों की कयामत की नज़रें भी यह खिलापन देखकर फैलने लगी थीं।

परंतु पुष्पा के परिचय के क्षेत्र के एक व्यक्ति के मन में पुष्पा को देख-देखकर अब पहले की अपेक्षा कहीं अधिक टीसें उठने लगी थीं। उस व्यक्ति का नाम था जयकुमार।

जयकुमार वर्षों से मन ही मन पुष्पा से प्रेम करता था। पारि-वारिक संपर्कों के कारण दोनों परिवारों का एक-दूसरे के यहां

आना-जाना भी था। जयकुमार पुष्पा की मां को मौसी कहकर पुकारा करता था। देखने-भालने में जयकुमार खासा था, मगर स्वभाव से इतना भावुक तथा सरल कि अपने मन की बात खुलकर कह पाने में भी असमर्थ था। पुष्पा के साथ ही एम० ए० और फिर ट्रेनिंग करके जयकुमार भी अध्यापक हो गया था। मगर वह अपने मन में ठान चुका था कि विवाह करेगा तो पुष्पा के ही साथ अन्यथा आजीवन अविवाहित रहेगा।

पुष्पा को जयकुमार के भावों का पता न हो, सो बात भी नहीं थी। बल्कि उसके मन में भी जयकुमार के प्रति स्नेह था। जयकुमार उसे अच्छा लगता था, मगर जयकुमार को लेकर पुष्पा के अंदर कभी ऐसी कोई हलचल नहीं मची थी जैसी कि दामले ने मचा दी थी।

जयकुमार और पुष्पा के स्वभावों में बड़ा अंतर था। जय चुप्पा किस्म का युवक था और पुष्पा खुली-खिली प्रवृत्ति की। संगीत में लगन के कारण तथा अपने-आपको बहकने-भटकने से बचाने की खातिर भले ही उसने अपना अधिकांश समय संगीत को ही अर्पित कर दिया था, परंतु फिर भी अपने स्वभाव की आधारभूत प्रकृति को वह परिवर्तित नहीं कर सकी थी। किसी से भी मिलने-जुलने या बातचीत करने का अवसर आता तो वह बंद नहीं रह सकती थी और हंसी-मज़ाक में भी पीछे नहीं रह पाती थी।

जयकुमार जब भी कभी पुष्पा के यहां आ निकलता, तो पुष्पा 'जय हो' कहकर हंसती हुई उसका स्वागत करती। मां या भाई में से कोई भी उस समय घर पर मौजूद रहता तो भी वह जय को कोई न कोई मज़ाक किए बिना न रहती। उसके मज़ाकों के पीछे कोई दुर्भावना न होती, बल्कि स्वाभाविक तथा उन्मुक्त चुहल का भाव रहता था।

जय को पुष्पा के मज़ाक सामान्य रूप से अच्छे लगते थे, परंतु जब कभी उसकी किसी गंभीर बात को भी पुष्पा मज़ाक में उड़ा देती तो जय अवश्य कहीं ठेस खा जाता।

चार वर्ष पूर्व पहली बार जय ने पुष्पा के सम्मुख अपना मन

उड़ेलने का प्रयास करते हुए कहा था, "मैं...पुष्पा तुम...तुम शायद नहीं जानतीं कि मैं...मैं तुमसे कितना प्यार करता हूं।" और फिर यह कहते ही जय ने गर्दन पीछे की ओर कर ली थी तथा उसकी आंखें छलछला आई थीं। पुष्पा ने उस समय भी 'जय हो' कहकर आश्चर्य प्रकट करती मुद्रा बना ली थी, मगर फिर जय की छलछला आई आंखें देखकर कुछ गंभीर होकर कहने लगी, "देखो जय, तुम जानते ही हो कि हम लोग शायद यह प्यार-व्यार की लग्ज़री एफोर्ड नहीं कर सकते, क्योंकि हमारे जीवन की तल्ख हकीकतें हमारे जज़्बात के मुकाबले कहीं अधिक भारी पड़ती हैं। मेरे हालात तुम्हारे सामने हैं कि जब तक अपनी ज़िम्मेदारियों का बोझ हलका नहीं कर लेती, तब तक अपने-आपकी सुध लेने का हक नहीं पा सकती।" इसके बाद पुष्पा की आवाज़ में पीड़ा और अधिक उमड़ आई थी, "और वह वक्त आने तक शायद मेरी उम्र और हालत वह न रह जाए जिसे लेकर तुम्हारे दिल में भावनाओं के ज्वार उठ सकें। और फिर मैं भी यह बात गवारा नहीं कर सकती, जय, कि तुम मेरे इंतज़ार में अपनी जवानी गाल दो।"

इसपर जय ने और भी ज़्यादा जज़्बाती होकर कह दिया था, "नहीं पुष्पा, ऐसा मत कहो, मेरा दिल टूट जाएगा। मैं...मैं तुम्हारे बिना ज़िंदा नहीं रह सकता। मुझे तुम्हारी जवानी नहीं चाहिए, सिर्फ तुम चाहिए हो। जब भी मिल सको और जिस हाल में भी। मैं इंतज़ार करूंगा।"

और फिर उस दिन के बाद से जय ने कभी कोई ऐसी बात नहीं छेड़ी थी। मगर आना-जाना बराबर जारी रखा था। पुष्पा का हंसी-मज़ाक भी जारी रहा था।

परंतु इधर जब से पुष्पा दामले के संपर्क में आ चुकी थी, उसके तेवर भी बदले-बदले दिखाई देने लगे थे। शिक्षा निदेशक के साथ एक अधीनस्थ अध्यापिका का दिनोंदिन बढ़ता हुआ हेल-मेल देख-कर आसपास के लोगों का संदिग्ध हो जाना भी स्वाभाविक ही था। इसलिए कालांतर में पुष्पा-दामले कांड तरह-तरह की चर्चा का विषय बन चला था।

जय के कानों में भी इस चर्चा के कुछ अंश पड़े तो वह मन ही मन कराहकर रह गया। पुष्पा से इस विषय पर कुछ कहने का साहस तो वह न बटोर सका, परंतु छिप-छिपकर उसने पुष्पा की गतिविधियों पर नज़र रखनी शुरू कर दी थी। हालांकि ऐसा करते हुए भी जय के दिल पर असह्य बोझ पड़ रहा था, और वह चेतन मन से इस सबको नकार देने के बावजूद अनचाहे ही संमोहित अवस्था में पुष्पा को शैडो करने लगा था।

पुष्पा अब शाम को ट्यूशन के बहाने प्रायः हर शाम दामले के यहां जाने लगी थी। और महीनों तक यही क्रम चलता रहा।

एक रात पुष्पा अपने घर में सोती-सोती हड़बड़ाकर उठ बैठी। उसका जी बुरी तरह से मितला रहा था तथा पेट में एक अजीब-सी ऐंठन और कुलबुलाहट महसूस होने लगी थी। तभी वह सहसा यह सोचकर चौंक उठी कि पिछले तीन महीनों से उसका ध्यान इस ओर क्यों नहीं गया! लापरवाही की भी हद होती है, वह सोचने लगी, मगर शायद यह लापरवाही न होकर मेरे उपचेतन की कोई उत्कट और अरोक उछाह हो।...तो क्या मैं दामले के बच्चे की मां बनना चाहती हूं? अपने-आपसे यह प्रश्न करती हुई पुष्पा स्वयं को कहीं बेतरह मजबूर पाकर तड़प उठी। अपनी विधवा मां और अनाथ भाई का ध्यान भी उस समय उसे नहीं आया और वह अपनी इसी मजबूरी के नशे में चूर हुई रात-भर बिस्तर पर पड़ी-पड़ी तरह-तरह के दिवा-स्वप्नों में खोई रही।

अगले दिन शाम को दामले से मिलते ही पुष्पा ने उसे सारी स्थिति साफ-साफ बताकर अपने मन की बात भी खुलकर उसके सामने कह दी।

दामले ने कहा, "मैं अभी इसका प्रबंध किए देता हूं। एक लेडी डाक्टर मेरे पूरे भरोसे की है। तुम किसी प्रकार की चिंता मत करो। आज ही रात को सब ठीक हो जाएगा।"

मगर यह बात सुनकर पुष्पा तड़प उठी, "नहीं-ई!"

दामले आश्चर्यचकित होकर पूछने लगा, "तो क्या इसी तरह

चलने दोगी? दिमाग तो सही है कि नहीं?" फिर उसने पुष्पा को अंक में भरकर पुचकारते हुए कहना शुरू किया, "देखो पुष्पा, पगली मत बनो। इस मामले में और अधिक देर करनी घातक सिद्ध हो सकती है। अव्वल पता नहीं अभी भी आपरेशन ही कराना पड़े। तुमने पहले ही बड़ी देर कर दी है। मुझे तो ताज्जुब है कि तुम्हें पहले पता क्यों नहीं चल सका!"

पुष्पा गंभीर होकर कहने लगी, "शायद पता लगाना चाहती ही नहीं थी, क्योंकि तुमपर पूरा-पूरा भरोसा था।"

दामले ने प्यारभरी चपत लगाकर मुस्कराते हुए कहा, "अरी पगली, भरोसा तुम्हें गलत नहीं था, बिलकुल सही था। मैं किसी तरह भी पीछे हटने वाला आदमी नहीं हूं। हर तरह से तुम्हारी मदद करूंगा। मगर यह क्या ज़िद हुई कि···"

पुष्पा उसकी बात काटकर कह उठी, "देखो, ये शब्द फिर मत कहना, मैं अपने प्यार को इस तरह ज़िबह नहीं होने दूगी।"

यह बात सुनकर दामले का माथा ठनक गया। अब वह कुछ सतर्क होकर बात करना चाहता था। तभी उसने नौकरानी को आवाज़ देकर चाय लाने का आदेश दे दिया और फिर कमरे में तेज़-कदमी करता हुआ सोचने लगा। सोचते-सोचते उसे एक युक्ति सूझ गई और उसने फिर से सोफे पर बैठते हुए पुष्पा के कंधे के गिर्द अपनी दाईं बांह लपेट ली। बायां हाथ पुष्पा की ठोड़ी पर रखकर उसका लटका हुआ मुंह ऊपर उठाते हुए अपनी निगाहें उसकी आंखों में खुभो दीं। उस समय दामले ने अपने चेहरे पर कुछ ऐसे भाव लाने का नाटक किया गोया उसने पुष्पा की खातिर दुनिया का हर खतरा मोल लेने का दृढ़ निश्चय कर लिया है।

पुष्पा को एक बार तो दामले की इस नाटकीय मुद्रा से भ्रम हो गया कि वह वाकई उसके लिए सब कुछ ठुकराकर उसे अपना लेगा। इसी भ्रम में उन्मत्त पुष्पा ने अपना सिर दामले के सीने पर टिकाकर उसे अपनी बांहों में भर लिया। ओर फिर बिना कोई बात किए वे काफी देर तक उसी तरह बैठे रहे। चाय लेकर आ रही नौकरानी की आहट सुनाई दी तो दामले सिगरेट के बहाने उठकर

कार्निस की ओर चला गया और फिर सिगरेट सुलगाकर सोफे पर आ बैठा। तब तक नौकरानी चाय रखकर चली गई थी। पुष्पा ने ही आगे झुककर उत्साह में चाय के दो प्याले बनाए और फिर आमलेट की एक प्लेट में कांटा-छुरी सजाकर तथा सॉस डालकर प्लेट दामले के आगे बढ़ाते हुए कुछ क्षणों के लिए दामले की पत्नी के रूप में अपनी कल्पना भी कर ली। इस कल्पना में उसे अपार सुख की अनुभूति हुई थी।

और फिर चाय से निपटकर जब दामले ने फिर से पुष्पा के पास आकर उसे अपनी बांहों में भर लिया, तो पुष्पा इसी सुखानुभूति में लिपटी हुई ही दामले को समर्पित हो गई थी।

परंतु यह उसका अंतिम समर्पण था। क्योंकि अगली शाम को जब वह पूर्ववत् दामले के यहां गई तो दामले घर पर नहीं था। नौकरानी ने बतलाया कि साहब बम्बई चले गए हैं।

"कब तक आने को कह गए हैं?" पुष्पा ने पूछा।

"यह तो बताया नहीं। कह रहे थे, कोई तार आया था।" नौकरानी ने कहा, "आप बैठिए न, चाय पीकर जाइए।"

"नहीं, मैं चलती हूं। आएं तो कह देना।" और इतना कहकर पुष्पा चली गई थी।

अगले दिन उसने दामले के दफ्तर में फोन करके पूछा तो पता चला कि निदेशक महोदय शहर से बाहर गए हुए हैं।

उस शाम पुष्पा दामले के घर नहीं गई और अगले दिन दफ्तर में फोन करने में भी उसे संकोच हुआ, परंतु अगली शाम को वह फिर उसके घर गई तो दामले बैठा चाय पी रहा था! पुष्पा को ड्राइंगरूम में घुसते देखकर उसके बायें हाथ से कांटा सरककर आमलेट की प्लेट में जा गिरा। मगर उसने खिसियानी-सी हंसी हंसते हुए कहा, "अरे! तुम हो! मैं तो डर ही गया था कि कौन अचानक आ घुसा है, बिना अवाज़ दिए और बिना आहट किए। वर्ना तुम्हारी चहक तो दालान से ही सुनाई दे जाया करती है।"

पुष्पा चुपचाप आकर दामले के सामने वाली सोफाचेयर पर बैठ गई। वह बराबर दामले के चेहरे की तरफ देख रही थी। उसने

कुछ पूछा भी नहीं।

मगर दामले आज अपने-आप ही बोले चला जा रहा था। कहने लगा, "अचानक तार मिला। बंबई जाना पड़ गया। डैडी का तार था। लिखा था, मैटर सीरियस, कम सुन। घबरा ही गया था मैं तो। ऐसे में, सच, मेरे हाथ-पांव फूल जाते हैं, कुछ भी सुझाई नहीं देता।" कहते-कहते दामले ने रुककर पुष्पा की आंखों में विचित्र-सा भाव देखा तो ठिठक गया। वह अभी तक उसी तरह टकटकी लगाए उसीकी ओर देखे जा रही थी।

दामले के मन में आया कि कोई ऐसी बात पूछे जिससे पुष्पा को बोलना पड़ जाए। मगर पता नहीं क्यों, उसका साहस नहीं हो रहा था। इसलिए वह फिर से खुद ही बोलने लगा, "बंबई पहुंचा तो डैडी और ममी दोनों ने मुझे बुरी तरह घेर लिया। मैंने बहुत हाथ-पैर पटके, लेकिन घेराव तोड़ न सका। आखिर···" इतना कहने के बाद फिर से उसकी निगाह पुष्पा के चेहरे पर जा पड़ी तो वह हकलाने लगा, "तुम मुझपर यकीन करो पुष्पा, मैं···मैंने उनसे साफ-साफ कह दिया था कि मैं सिर्फ तुम्हें प्यार करता हूं और किसी भी तरह तुम्हें खोना नहीं चाहता। फिर···फिर उन्होंने तुम्हारे बारे में सारी बातें पूछीं। फिर मैंने सब कुछ बता दिया, यहां तक भी कि तुम मेरे बच्चे की मां बनने वाली हो। फिर···फिर जब वे फिर भी नहीं माने तो मैंने···फिर मैंने पता है क्या कहा···मैंने कहा··· मैंने कहा तो फिर मैं आप लोगों के बिना ही पुष्पा से शादी कर लूंगा।··· फिर···फिर यह हुआ, पुष्पा, पापा को ब्लडप्रेशर का तेज़ दौरा पड़ गया, और मां को गश आ गया। मैं···मेरे तो हाथ-पांव फूल गए··· बड़ी मुश्किल से डाक्टरों ने उन दोनों को बचाया, पुष्पा। फिर···" दामले का सांस फूलने लगा था। वह लगभग हांफता हुआ पुष्पा की उन भयानक नज़रों से नज़रें मिलाना टालता हुआ पूछ बैठा, "तुम मेरी तरफ इस तरह क्यों देख रही हो, पुष्पा?"

"फिर?" पुष्पा ने उसी तरह एकटक देखते हुए आवेश, क्रोध तथा व्यंग-मिश्रित स्वर में पूछा।

दामले घबरा गया, बोलने का प्रयास करने के बावजूद उसके

मुंह से कुछ देर तक कोई भी बोल न फूट सका। फिर शायद उसे अपनी यह स्थिति कहीं अपने आपे का अपमान लग उठी तो जैसे-कैसे साहस समेटकर कहने लगा, "फिर अब तुम ही बताओ कि मुझे क्या करना चाहिए? डैडी-ममी तो किसी भी तरह नहीं मान रहे हैं और···" यहां आकर वह फिर अटक गया और आगे के लिए शब्द सोचने लगा कि किन शब्दों में कहे कि जिससे सगाई हुई थी उसीसे शादी की तारीख तय करने के लिए ही उसे बम्बई बुलवाया गया था और वह मान आया है।

मगर पुष्पा तो जैसे बहुत पहले ही सारी स्थिति सूंघ चुकी थी और अब केवल बिफर उठने के बहाने तलाश रही थी। रह-रहकर अपने भीतर उफने आ रहे आक्रोश के तूफान के धसके खाने लगी थी।

दामले को बगलें झांकते हुए पाकर पुष्पा चीख उठी, "मेरी जिंदगी बरबाद करने के लिए भी उनकी इजाज़त ली थी क्या-आ? बोलो? जवाब दो-ओ-ओ?" और फिर भूखी शेरनी की तरह उसके दोनों पंजे फैल गए, आंखों में खून उतर आया और वह एक ही झपट्टे के साथ उछलकर दामले पर औंधी जा गिरी। दामले सहसा सोफे पर ही चित जा पड़ा। पुष्पा उसकी छाती पर चढ़ी बैठी पूरी ताकत के साथ उसकी गर्दन दबोचे जा रही थी—अपना सारा-सारा बोझ डालकर तथा पगलाए क्रोध में दांत भींच-भींचकर। दामले पहले तो कुछ देर तक स्थिति की गंभीरता को पूरी तरह समझ ही नहीं सका, मगर जब उसकी गर्दन की नसें बुरी तरह ऐंठ गई और गलकंठ पर पड़ रहे असह्य दबाव से दम निकलता लगने लगा, तो अपने बचाव की आखिरी कोशिश में नीचे से उसने अपने जिस्म का बचा-खुचा सारा ज़ोर एकसाथ लगाकर किसी तरह से पुष्पा की टांगें अपने पेट पर से सरकाकर सेंटर टेबल पर उछाल दीं। मगर पुष्पा के हाथों की ग्रिप अभी तक दामले की गर्दन पर थी और उसपर पूरा-पूरा ज़ोर भी बदस्तूर पड़ रहा था, क्योंकि सेंटर टेबल पर टांगें जा पड़ने के बावजूद उसका शरीर अभी तक सीध में औंधा पड़ा हुआ था। टेबल पर पड़ी क्रोकरी फर्श पर गिर

पड़ी थी।

दामले इस बीच अपने दोनों हाथ क्योंकि पुष्पा के बोझ से मुक्त कर चुका था इसलिए वह अपने हाथों से पुष्पा की कलाइयों पर नीचे से दबाव डालने की कोशिश करने लगा था। मगर कलाइयों पर दबाव पूरा नहीं पड़ रहा था। जब वह अपने एक-एक हाथ से पुष्पा की एक-एक कलाई का दबाव झटकने में असमर्थ रहा तो उसने जैसे-कैसे अपने दोनों हाथों से पुष्पा की बाईं कलाई टटोलकर ग्रिप कर ली और उसे हटाने के प्रयास में मरोड़ने लगा। उस समय उसकी आंखें तो खुल नहीं पा रही थी, क्योंकि अपनी गर्दन की नसों को भिंचने से बचाए रखने के लिए उसे जबड़े और आंखें भींचकर पूरी शक्ति के साथ नसों को यथासंभव बनाए रखना पड़ रहा था।

पुष्पा ने जब देखा कि दामले अब अपने दोनों हाथों से उसकी एक कलाई के साथ जूझ रहा है, तो वह फिर से उछलकर उसकी छाती पर जा चढ़ी। मगर तभी दामले ने अपने पेट को उछाल कर पुष्पा को नीचे धकेल दिया। अब पुष्पा की टांगे फर्श पर थीं और हाथ दामले की गर्दन पर। और अब उसने अपने पैर फर्श पर जमा-कर अपने पूरे शरीर का बोझ दामले की गर्दन और हाथों पर दबा दिया। थोड़ी-सी देर बाद दामले ने नीचे से फिर धक्का दिया तो पुष्पा का धड़ थोड़ा नीचे सरक गया। तभी पुष्पा की नज़र फर्श पर पड़े छुरी-कांटे पर जा पड़ी। और उसने एक उझक्के के साथ अपने शरीर का सारा बोझ एक बार फिर से दामले पर डालकर तत्काल अपना दायां हाथ हटा लिया और झपटकर कांटा उठा लिया। दामले अभी पुष्पा के बाकी बचे हाथ तथा छाती के दबाव का बोझ झटकने की कोशिश ही कर रहा था कि पुष्पाने पूरी ताकत के साथ कांटे का एक भरपूर प्रहार कर लगभग पूरा कांटा दामले की गर्दन में घुसेड़ दिया।

गर्दन में कांटा घुसते ही दामले के मुंह से एक भयानक चीख निकली, लेकिन उस चीख का स्वर मानव का नहीं बल्कि चिंघाड़ते हुए बकरे का सा सुनाई दिया। और इस चीख के साथ ही उसका पूरा शरीर इतनी ताकत के साथ उछल पड़ा कि पुष्पा धड़ाम से

फर्श पर चित जा गिरी। उसके दायें हाथ की मुट्ठी अभी तक कांटे की हत्थी के गिर्द जकड़े हुए थी और कांटे के बाघनखों से लहू चू रहा था तथा एक नख पर एक लाल रक्तिल लोथड़ा-सा भी लटका हुआ था।

पुष्पा फुर्ती के साथ उठकर खड़ी हो गई और फिर से दामले पर वार करने के लिए झपट पड़ी। दूसरा वार उसकी छाती पर बाईं ओर को पड़ा था। इस बार में कांटा पूरी तरह नहीं घुंपा था, मगर शायद इस वार से पहले ही दामले की प्रतिरोध-शक्ति शेष हो चुकी थी। और अब उसका धड़ सोफे पर तथा टांगें फर्श पर लटकी हुई तड़फड़ा रही थीं। हाथों की मुट्ठियां भिंची जा रही थीं। गर्दन से रक्त का फव्वारा-सा छूट रहा था जिसकी बौछार दूसरे प्रहार के समय पुष्पा पर भी खासी पड़ चुकी थी।

दूसरा प्रहार करके पुष्पा ने जैसे ही कांटा उसकी छाती से निकाला तो उसे गर्म लहू की फुहार-सी अपने चेहरे पर पड़ती हुई महसूस हुई। तभी उसकी नज़र दामले की ऐंठ-ऐंठकर सोफे पर पटखनियां खाती हुई गर्दन पर पड़ी। और वह हांपती हुई उठकर खड़ी हो गई। दायें हाथ में कांटा अभी तक पकड़ा हुआ था। मुंह पर लहू पुता हुआ था। बाल बिखरे थे, साड़ी-ब्लाउज़ फट चुके थे।

तभी दालान से किसीके भागकर आते हुए कदमों की आवाज़ सुनाई दी। मगर पुष्पा वैसी की वैसी ही खड़ी रही। हांपत हुई रणचंडी बनी तथा उसी तरह तनी हुई।

ड्राइंगरूम का दरवाज़ा खुला हुआ ही था। जैसे ही जयदेव अंदर दाखिल हुआ, पुष्पा का हुलिया देखकर सहम गया। कुछ पल के लिए तो उसे लगा गोया वह वहीं का वहीं खड़ा-खड़ा धरती में गड़ गया हो, मगर उसने तुरन्त ही स्थिति को समझकर अपने हवास संभाल लिए और आहिस्ता-आहिस्ता पुष्पा की तरफ बढ़ने लगा।

पुष्पा जड़ दृष्टि से जयदेव की तरफ तकती खड़ी रही।

जयदेव उसके बिलकुल करीब पहुंचकर खड़ा हो गया। पहले तो उसने पुष्पा के कंधे पर हौले से हाथ रखकर दबाया, फिर आगे

बढ़कर दामले की लाश का सीना, कलाई, नासिका इत्यादि टटोलकर निश्चय किया कि प्राण निकल चुके हैं कि नहीं। यकीन हो जाने के बाद बड़े इत्मीनान के साथ पुष्पा के पास आकर उसके हाथ से कांटा ले लिया। पुष्पा ने कोई प्रतिरोध न किया, न कुछ बोली, न हिली-डुली।

कांटा पकड़कर जयदेव ने पुष्पा ने कहा, "तुम भाग जाओ, बाहर इस समय अंधेरा है, दालान में नौकरानी भी नहीं है। दरवाज़े खुले पड़े हैं।" फिर उसने अपनी पैंट की बाईं जेब से रूमाल निकालकर पुष्पा के चेहरे पर लगा रक्त पोंछते हुए कहा, "इसी रूमाल से हाथ भी पोंछ लो और चेहरा फिर भी ढक लेना।"

पुष्पा नहीं हिली तो जयदेव उसे लगभग धकेलता हुआ दरवाज़े तक ले गया। मगर तभी उसकी नज़र पुष्पा की साड़ी-ब्लाउज़ पर पड़ी तो कहने लगा, "तुम्हारे तो कपड़ों पर भी खून के छींटे पड़े हुए हैं।" और इतना कहते ही वह इधर-उधर देखकर साथ वाले कमरे की तरह लपका। वहां बिस्तर पर बिछी सफेद चद्दर उठाकर ले आया और पुष्पा के कंधों पर डालते हुए कहने लगा, "अच्छी तरह ढक लेना।"

पुष्पा फिर भी नहीं गई तो जयदेव ने ज़रा सख्त आवाज़ में कहा, "भाग क्यों नहीं जातीं? भाग जाओ पुष्पा, भाग जाओ। मौसी तुम्हारा इंतज़ार कर रही है। गुड्डू भी। उन दोनों को तुम्हारी ही ज़रूरत है पुष्पा। इस नीच को तो इसकी नीचता की सज़ा तुमने दे दी, बड़ा अच्छा किया। बस, अब तुम जाओ, बाकी अब मैं निपट लूंगा।" इतना कहकर वह उसके कंधे पर दबाव डालकर उसे आगे धकेलने की कोशिश करने लगा। मगर पुष्पा दरवाज़े का पल्ला थामकर अड़ गई।

जयदेव को लगा कि काफी देर होती जा रही है। उसे डर भी लगा कि इतने में कहीं कोई आ न जाए। वह कहने लगा, "अच्छा बाबा, चलो, मैं भी चलता हूं तुम्हारे साथ।" और वह दायां हाथ पैंट की जेब में डालकर बायें हाथ से पुष्पा का कंधा थामकर बाहर ले चला तो वह संग-संग चल दी। दालान में लगभग अंधेरा था और

बाहर सड़क पर इधर-उधर दूर-दूर तक कोई कोठी नहीं थी। इसी कोठी का बाग ही तीनों ओर काफी दूर तक फैला हुआ था। सामने सड़क के पास कालिज का पिछवाड़ा पड़ता था जिसकी दीवार इधर-उधर काफी दूर तक फैली चली गई थी। कोठी के पिछवाड़े में बाग के अंतिम छोर पर माली का घर था। दामले की नौकरानी अपने साहब को शाम की चाय पिलाने के बाद माली के घर गपशप करने चली जाती थी। साहब का यही हुक्म था।

पुष्पा को उसके घर छोड़कर जयदेव जब वहां से चलने लगा तो पुष्पा ने पूछा, "तुम कहां चले?"

"मेरी चिंता छोड़ो, इस समय।" फिर जयदेव पुष्पा की मां से संबोधित होकर कहने लगा, "मौसी, इसका ध्यान रखना, और हां, इसके कपडे बदलवाकर ये कपडे मुझे दे दो। चादर भी। जल्दी से।"

मां झट से पुष्पा को दूसरे कमरे में ले जाने लगी तो पुष्पा अड़ गई। फिर जयदेवही उसे कंधों से पकड़कर धकेलता हुआ दूसरे कमरे में छोड़ आया। पीछे-पीछे मां चली गई। थोड़ी देर बाद खून से लथपथ साड़ी, ब्लाउज़, ब्रा को दामले की चादर में लपेटकर वहां से निकल गया।

जयदेव ने ये कपड़े अपने घर के आंगन के एक कोने में गड्ढा खोदकर गाड़ दिए। गाड़-गूड़कर सीधा पुलिस स्टेशन जा पहुंचा। वहां उस समय सब-इंस्पेक्टर देशपांडे तथा हवलदार जोशी बैठे हुए थे। जयदेव ने जाते ही कहा, "मेरा नाम जयदेव है। मैं संगीत अध्यापक हूं। मैंने अपने शिक्षा निदेशक दामले का खून कर दिया है। आप मुझे गिरफ्तार कर सकते हैं।"

सब-इंस्पेक्टर देशपांडे आश्चर्य चकित हुआ जयदेव का मुंह देखता रह गया। तभी हवलदार जोशी ने पूछा, "खून किस हथियार से किया है?"

जयदेव ने अपनी दाईं जेब से खूनी कांटा निकालकर आगे बढ़ाते हुए कहा, "इससे।"

हवलदार हैरान होकर सब-इंस्पेक्टर की तरफ देखने लगा।

तभी सब-इंस्पेक्टर ने पूछा, "लाश इस समय कहां है?"

"उनके बंगले पर। ड्राइंगरूम में।"

"खून भी वहीं किया था?"

"जी।"

"मोटिव?"

"जी?"

"मैं पूछ रहा हूं कि तुमने उनका खून क्यों किया?"

इस पक्ष पर जयदेव ने अभी तक कुछ सोचा ही नहीं था। अटक-अटककर कहने लगा, "मैंने···दामले का खून इसलिए किया क्योंकि मैं···मुझे लगा कि ऐसे घटिया आदमी को जीने का कोई हक नहीं।"

सब-इंस्पेक्टर देशपांडे ने तल्ख आवाज़ में कहा, "तो क्या दुनिया में जो भी आदमी किसीको घटिया लगे वह उसका खून कर दे?"

जयदेव चुप रहा।

देशपांडे ने ज़रा ऊंची अवाज़ में फिर पूछा, "जवाब दो।"

जयदेव बोला, "मैं बहस नहीं करना चाहता। जो हकीकत थी, मैंने बतला दी।"

देशपांडे ने जोशी से कहा, "ठीक है तो इसे हवालात में बंद कर दो और चलो मेरे साथ दामले के बंगले पर।"

सब-इंस्पेक्टर देशपांडे, हवलदार जोशी तथा दो सिपाही जिस समय बंगले पर पहुंचे तब तक दामले की नौकरानी, माली, उसकी बीवी तथा दो-तीन और लोग वहां जुट आए थे। एक आदमी पुलिस स्टेशन से फोन मिलाने की कोशिश कर रहा था।

पुलिस ने पहुंचते ही पहले तो लाश का मुआइना किया, फिर आसपास बिखरी चीज़ें देखीं, और फिर वहां पर मौजूद लोगों के बयान लिए। वहीं से फोन करके पुलिस अस्पताल की गाड़ी मंगवा ली और लाश को पोस्टमार्टम के लिए भिजवाकर दामले के ड्राइंग-रूम को ताला लगा दिया और एक सिपाही को वहां तैनात कर पुलिस-दल रवाना हो गया।

थाने में पहुंचकर जयदेव का बयान दर्ज किया गया। रस्त-गासी की रिपोर्ट लिखी गई। रोज़नामचा वगैरातैयार किया गया।

अगले दिन रिमांड लेकर आगे की तहकीकात जारी कर दी गई। दामले की नौकरानी के बयान के मुताबिक उस औरत की तलाश शुरू हुई जो अक्सर शाम को दामले के बंगले में आया करती थी। मगर उसका बयान यह भी था कि दुर्घटना वाली शाम को जब वह अपने साहब को चाय देकर माली के यहां चली गई थी तब तक वह औरत नहीं आई थी, बाद में आई हो तो उसे पता नहीं। उसने यह भी बताया कि उससे पिछली शाम भी वह औरत नहीं आई थी। और पिछली से पिछली शाम आई थी तो साहब घर पर थे नहीं।

जयदेव ने जब ऐसी किसी औरत के बारे में जानकारी चाही गई तो उसने साफ इंकार कर दिया।

शिक्षा विभाग में तथा इससे संबद्ध सरकारी स्कूलों में जब पूछताछ की गई तो पता चला कि पुष्पा खरे नाम की एक संगीत-शिक्षिका का दामले से मेलजोल था। लिहाज़ा पुष्पा के घर का पता मालूम करके पुलिस वहां पहुंची।

पुष्पा की मां से सब-इंस्पेक्टर देशपांडे ने पूछा, "आपको मालूम है कि शिक्षा निदेशक दामले की हत्या हो गई है?"

"जी नहीं।"

"आपकी लड़की का उनके यहां आना-जाना था?"

"नहीं।"

"आपकी लड़की आज स्कूल नहीं गई, क्या कहीं बाहर गई हुई हैं?"

"हां।"

"कहां?"

"बंबई में हमारी रिश्तेदारी में एक शादी है, उसीमें।"

"कब तक लौट आएंगी?"

"शायद एक सप्ताह तक। मगर आप किसीकी हत्या के सिल-सिले में मेरी बेटी को क्यों पूछ रहे हैं?" मां ने पूछा।

सब-इंस्पेक्टर ने जवाब दिया, "हमें शक है कि उस का भी दामले साहब की हत्या में कुछ हाथ है।" फिर कुछ देर रुककर इंस्पेक्टर ने पूछा, "अच्छा, यह बताइए कि जयदेव नामक व्यक्ति को आप जानती हैं?"

मां ने कहा, "हां।"

"कैसे जानती हैं?"

"हम लोगों के घरों के बड़े पुराने संबंध हैं। मगर इसमें जयदेव का भी क्या संबंध है? क्या उसपर भी आप लोगों को संदेह है?"

इसपर सब-इंस्पेक्टर ने कहा, "उसने कल स्वयं ही थाने में आकर अपने जुर्म का इकबाल कर लिया था। आप बता रही हैं कि आप लोगों के जयदेव के साथ पुराने संबंध हैं जबकि उसका कहना है कि वह आपकी बेटी को जानता भी नहीं। जो हो, आपकी बेटी पुष्पा के बयान लेने बहुत जरूरी हैं, इसलिए जैसे ही वह आएं उनसे कहें कि स्वयं थाने में आकर मुझसे मिल लें। या फिर मुझे फोन कर लें, मैं यहां आ जाऊंगा।"

पुष्पा दूसरे कमरे में थी और उस कमरे के बाहर से कुंडा लगा हुआ था। मां ने जबरदस्ती ही उसे इस तरह बंद रखा हुआ था।

पुलिस के चले जाने के काफी देर बाद जब मां ने पुष्पा को खाना देने के लिए कमरे का कुंडा खोला तो वहां से पुष्पा गायब थी तथा कमरे के पिछवाड़े की खिड़की खुली हुई थी।

मां के हवास गुम हो गए। वह घबराकर कमरे में इधर-उधर देखती हुई खिड़की की तरफ लपकी। खिड़की से बाहर झांककर देखा। फिर खिड़की बंद करके लौटने लगी तो फर्श पर एक लिखा हुआ कागज़ पड़ा मिला। उसमें पुष्पा के हाथ से सिर्फ इतना लिखा हुआ था : 'मैं अपनी इच्छा से आत्महत्या करने जा रही हूं। मुझे खोजने की कोशिश बेकार है। दामले का खून मैंने किया है। क्योंकि उसने प्यार की आड़ में मेरी ज़िंदगी के साथ खिलवाड़ किया और मुझे गर्भवती बनाकर मुझसे शादी करने से इंकार कर दिया। जयदेव क्योंकि मुझे प्यार करता है इसलिए वह मेरा अपराध अपने ऊपर ले रहा है, जबकि उसका इस खून में कोई हाथ नहीं है। मैं

जिस समय खून कर चुकने के बाद दामले की लाश के पास खड़ी थी तभी पता नहीं कैसे जयदेव वहां आ पहुंचा और उसने मेरे हाथ से खूनी कांटा छीनकर अपनी जेब में डाल लिया फिर मुझे ज़बरदस्ती वहां से निकालकर मेरे घर छोड़ गया।'

पुष्पा का एक अन्य पत्र अगले दिन की डाक से पुलिस सब-इंस्पेक्टर देशपांडे के नाम प्राप्त हुआ। यह खत बड़ा लंबा था और इसमें दामले के साथ उसके संबंधों की कहानी शुरू से आखीर तक लिखी हुई थी तथा हत्या का विस्तृत ब्योरा देते हुए स्वयं को हत्यारी माना हुआ था। आत्महत्या करने कहां जा रही थी, इस बात का कोई उल्लेख नहीं था।

डाक से ही एक खत जयदेव के नाम था—हवालात के पते पर। इसमें लिखा था :

'जय!

तुमने सदा ही मुझे चाहा और सो भी चाह की आखिरी हद तक। मगर मैं तेरे प्यार के काबिल नहीं थी जय! पता नहीं क्यों, अपने उपचेतन में मुझे हमेशा कुछ ऐसा ही लगता रहा। शायद इसीलिए मैं अक्सर तुम्हारे प्यार की अभिव्यक्ति को हलकी-फुलकी बातों या मज़ाक में टाल दिया करती थी। अब लगता है, असल में मैं तुम्हारे प्यार के सामने स्वयं को हेच और हलकी होने से टालती रही हूं। क्योंकि अपनी निगाहों में हेच होकर कोई जी ही कैसे सकता है! मगर, जय, अब तुमने मुझे हेच बना ही डाला, आखिर जय हो।

—पुष्पा'

मगर जयदेव अंत तक स्वयं को ही हत्यारा घोषित करता रहा।

जय के खिलाफ उसके अपने इकबाल के अलावा न तो कोई और सबूत मिल सका, न कोई गवाह। लिहाज़ा अदालत ने उसे बरी कर दिया। परंतु पुष्पा स्वयं को बरी न कर सकी। वह स्वयं को हत्या से भी अधिक भीषण अपराध से आरोपित कर चुकी थी इसलिए किसी भी सांसारिक न्यायालय को अपना न्याय करने

योग्य नहीं समझती थी। उसने एक सच्चे प्रेम को ठुकराकर मक्कार प्रेमी को अपना तन-मन सौंपने का गहरा अपराध किया था, इसलिए उसने स्वयं को अपने प्यार के कलंक सहित झील की गहराई में डुबो दिया था।

तीन महीने बाद उसकी गली हुई लाश का छलनी हुआ ढांचा एक लकड़ी के साथ अटका हुआ पानी पर तैरता दिखाई दिया। पानी के जानवरों ने जहां-तहां से उसके गले हुए तन का मांस नोच खाया था। उसके तार-तार हुए कपड़ों से ही अनुमान लगाया जा सका कि यह पुष्पा की लाश हो सकती है।

2. न घर के रहे न घाट के

"राखाल चटर्जी और उसकी पत्नी रीना से आप लोगों के क्या संबंध हैं?" पुलिस इंस्पेक्टर ने कनु सान्याल से पूछा, तो उत्तर दिया उसके पास बैठी उसकी पत्नी अल्का सान्याल ने, "मित्र हैं।"

इंस्पेक्टर ने कहा, "मैं मिस्टर सान्याल से पूछ रहा हूं।"

सान्याल बोले, "हां, राखाल मेरा मित्र है और हम एक ही दफ्तर में काम करते हैं।"

"आपकी उम्र?"

"पचास।"

"और राखाल चटर्जी की?"

"तीस के आसपास।"

इंस्पेक्टर ने कनु सान्याल के पास खड़ी अल्का की ओर संकेत करते हुए पूछा, "और ये आपकी क्या लगती हैं?"

"पत्नी।"

"पत्नी!" इंस्पेक्टर आश्चर्यचकित होकर कभी कनु सान्याल की ओर देखता तो कभी अल्का की ओर, जिसे अभी-अभी कनु सान्याल ने अपनी पत्नी बताया था और जो देखने में उसकी बेटी

लग रही थी।

"आपका विवाह हुए कितना अरसा हो गया?"

"पांच साल हो चले हैं।"

"और आपकी पत्नी की उम्र अब कितनी है?"

इस प्रश्न पर कनु सान्याल कुछ झेंप गए और अल्का की ओर मुंह उठाकर देखते हुए कहने लगे, "मेरे खयाल में..."

अल्का बीच में ही बोल पड़ी, "इक्कीस साल।"

"तो पांच साल पहले आपकी जब शादी हुई तो आप सोलह साल की रही होंगी। यही ना?" इंस्पेक्टर की निगाह में व्यंग्य के साथ-साथ हास्य की भी कुछ पुट दिखाई दी तो कनु सान्याल कुढ़-कर कह उठे, "आखिर आपके मामले की तफतीश का इस बात से क्या ताल्लुक है?"

इंस्पेक्टर बोला, "हां-हां, ताल्लुक तो कोई खास नहीं है, फिर भी क्योंकि आप लोगों का बयान ले रहा हूं, इसलिए ये सब बातें मुझे पूछनी पड़ीं। खैर, तो अब यह बतलाइए कि राखाल चटर्जी और उनकी पत्नी रीना को आपने अपने यहां बुलवाया था या वे लोग खुद ही मिलने आए थे?"

कनु सान्याल ने जवाब दिया, "हमने उन्हें अपने यहां शाम के खाने पर बुलवाया था।"

"पहले भी कभी बुलवाया था?"

"हां-हां, कई दफा। अक्सर हम लोग उन्हें अपने यहां बुल-वाते थे और कई दफा वे भी हमें अपने यहां दावत दिया करते थे।"

"आपके मकान की छत कौन-सी मंज़िल पर है?"

"पांचवीं पर।"

"और आप लोग किस मंजिल पर रहते हैं?"

"चौथी पर।"

"कलकत्ता में तो आम तौर पर लोग छत का प्रयोग नहीं करते। क्या आप लोग करते हैं?"

"जी नहीं, आम तौर पर तो नहीं करते, लेकिन कभी-कभी गर्मी के मौसम में थोड़ी देर के लिए शाम को छत पर जा बैठते हैं।"

"जब वे लोग आपके मेहमान थे, तो छत पर आप लोग उनके साथ क्यों नहीं गए?"

कनु सान्याल ने उत्तर दिया, "मैं उस समय मुंह-हाथ धो रहा था और मेरी पत्नी किचन में चाय बना रही थी तो राखाल ने कहा कि वे लोग ज़रा छत पर टहलना चाहते हैं इसलिए वे चले गए।"

"आपको रीना की चीख सुनाई दी थी?"

"जी नहीं। मैं उस समय बाथरूम में मुंह-हाथ धो रहा था तो बाथरूम के पिछवाड़े वाली खिड़की में से मुझे कोई चीज़ ऊपर से नीचे गिरती हुई दिखाई दी। मैंने लपककर खिड़की में से नीचे झांका तो मेरी निगाह सड़क पर औंधी गिरी एक औरत की लाश पर जा पड़ी। मैं झट से बाथरूम से निकलकर किचन की तरफ भागा और अपनी पत्नी से कहा कि हमारी छत से कोई गिरा है शायद। मेरे इतना कहते ही मेरी पत्नी के मुंह से चीख निकल गई और वह बेतहाशा भागती-भागती जीने की सीढ़ियां चढ़ने लगी। मैं भी उसके पीछे-पीछे भाग पड़ा। पांचवीं मंज़िल लांघकर जब हम छत पर पहुंचे तो देखा वहां राखाल बैठा था, उसकी पत्नी नहीं थी।"

"राखाल उस समय किस मुद्रा में थे।"

"एकदम घबराए हुए। बौखलाए-से वह छत पर झुके हुए नीचे की ओर झांक रहे थे। छत की मुंडेर बहुत छोटी है इसलिए मुझे एक बार तो यहां तक वहम हुआ कि वह कहीं खुद भी तो कूदने की नहीं सोच रहा! मैंने लपककर राखाल की बांह थाम ली, और उसे अपनी तरफ खींचते हुए पूछा, 'क्या हुआ? रीना कहां है?' राखाल ने अपने दूसरे हाथ से इशारा करते हुए घबराए स्वर में कहा, 'गिर गई।' मैंने पूछा, 'कैसे गिर गई?' तो वह बोला, 'पता नहीं।' और फिर अपना हाथ छुड़ाकर भागता हुआ सीढ़ियां उतर गया। हम लोग भी पीछे-पीछे जा पहुंचे। जब तक हम तीनों रीना की लाश तक पहुंचे तब तक मोहल्ले के और भी कई लोग वहां आ गए थे। राखाल जाकर धड़ाम से रीना की लाश पर गिर

पड़ा और ढाहें मार-मारकर रोने लगा। हम लोग जैसे-कैसे उसे खींच-खांचकर वहां से हटा ले गए। थोड़ी देर बाद पुलिस आ पहुंची थी।"

इंस्पेक्टर ने पूछा, "क्या आपको पूरा विश्वास है कि रीना अपने-आप छत से गिरी थी?"

"अपने-माप गिरने से आपका अभिप्राय कहीं आत्महत्या से तो नहीं?"

इंस्पेक्टर ने कहा, "नहीं। मेरा मतलब है कि जस्ट बाइ एक्सीडेंट। पर अब जब कि आपने आत्महत्या वाला प्वाइंट उठाया है, तो उसका भी जवाब दे ही दीजिए।"

"आत्महत्या का तो मुझे कोई कारण नज़र नहीं आता, एक्सी-डेंड ही कह सकते हैं।"

इंस्पेक्टर ने कुरेदते हुए पूछा, "आत्महत्या न सही, हत्या का कोई संदेह है?"

इसपर कनु सान्याल हैरान होकर कहने लग, "हत्या! हत्या कौन करता? उस समय वहां था ही कौन सिवाय उसके पति के!"

"हां,-हां, पति भी तो हत्या कर सकता है।"

"मगर वह क्यों करता? मैं यह मानने के लिए बिलकुल तैयार नहीं हूं कि राखाल ने रीना की हत्या की। राखाल जैसा सीधा और भलामानुस मैंने आज तक नहीं देखा। और फिर रीना से तो उसे इतना प्यार था कि पूछिए मत। वह कभी अपनी पत्नी के बिना कहीं आता-जाता ही नहीं था।"

"इन दोनों में कभी किसी झगड़े-वगड़े की बात भी आपने सुनी थी?"

"कभी नहीं।"

"किसी तरह का तनाव या मन-मुटाव?"

"जी नहीं, बिलकुल नहीं।"

"अच्छा एक बात बतलाइए, क्या रीना की मृत्यु गिरते ही हो गई थी या कुछ देर बाद हुई?"

कनु सान्याल बोले, "यह बात मैं ठीक से नहीं कह सकता,

क्योंकि हम स्वयं काफी देर बाद पहुंच पाए थे। जैसा कि मैंने आपको बतलाया कि मैं उस समय बाथरूम में था। वहां से निकल-कर मैं किचन में आया। किचन में अपनी पत्नी को बताया। फिर मेरी पत्नी बेसाख्ता छत की ओर भागी। मैं भी उसके पीछे-पीछे चला गया। उसके बाद एक-आध मिनट छत पर राखाल के साथ भी लगा। फिर हम लोग नीचे उतरे। आखिर इतनी मंज़िलें चढ़ने-उतरने में भी कुछ समय लगा होगा। बहरहाल जब तक हम रीना की लाश के पास पहुंचे, तब तक उसमें कुछ भी बाकी नहीं रह गया था। पर हां, जैसा कि वहां खड़े कुछ लोगों से मालूम हुआ कि वह गिरने के बाद दो-एक मिनट तक बुरी तरह छटपटाई थी और उसके बाद दम निकला।"

कनु सान्याल के बयान लिए जा चुके तो इस्पेक्टर ने अल्का को संबोधित कर पूछना शुरू किया, "आपका राखाल चटर्जी के बारे में क्या विचार है? मेरा मतलब है, वह कैसे आदमी हैं?"

अल्का ने कहा, "जैसा कि मेरे पति आपको बता ही चुके हैं, राखाल बाबू बड़े ही सज्जन व्यक्ति हैं।"

"आपको तो ऐसा कोई सन्देह नहीं है कि रीना ने आत्महत्या की हो?"

"जी नहीं।"

"राखाल और रीना के आपसी संबंधों के बारे में आप क्या जानती हैं?"

अल्का कहने लगी, "पिछले पांच साल से हम लोगों का एक-दूसरे के यहां आना-जाना है। इस दौरान तो मैंने ऐसी कोई बात नहीं देखी जिसके आधार पर यह संदेह किया जा सके कि इन दोनों के संबंध खराब थे। बल्कि मैं तो उलटे यह दावे के साथ कह सकती हूं कि पति-पत्नी के बीच इतने मधुर संबंध कम ही देखने को मिलते हैं।"

इंस्पेक्टर ने पूछा, "जब आपको आपके पति ने किचन में आकर सूचना दी, तो आप छत की ओर क्यों भागीं?"

"इसलिए कि वे लोग छत पर ही तो गए हुए थे।"

"मगर सूचना तो आपके पति ने आपको यह दी थी ना कि उन्होंने किसीको नीचे गिरते देखा है और फिर बाथरूम की खिड़की में से आपके पति ने नीचे झांककर देख भी लिया था।"

"जी हां। मगर यह तो निश्चित नहीं था कि छत से कौन गिरा है। और यह भी पता नहीं था कि छत से ही गिरा है या ऊपर वाली मंजिल से।"

इंस्पेक्टर ने कहा, "तो आप निश्चय करने गई थीं कि छत पर गए हुए आपके मेहमान सही-सलामत हैं कि नहीं?"

"जी हां।"

"जबकि अभी-अभी आपने यह कहा कि उस समय तक यह निश्चित नहीं था कि कौन गिरा है और कहां से गिरा है, तो फिर आपको यही संदेह क्यों हुआ कि आपके मेहमानों में से ही कोई गिरा होगा? और फिर जैसा कि आपके पति ने अपने बयान में कहा कि उनसे सूचना पाते ही आप बेतहाशा भागती हुई ज़ीना चढ़ने लगी थीं, उससे यह लगता है कि आपको मात्र संदेह ही नहीं था बल्कि कहीं विश्वास था कि ज़रूर छत पर खड़े आपके मेहमानों में से ही कोई गिरा है।"

इंस्पेक्टर के इस तर्क पर अल्का ने झुंझलाकर कहा, "यह सब मैं नहीं जानती। मैं तो उस समय इतनी घबरा गई थी कि अनायास ही मेरे कदम जीने पर चढ़ने लगे थे।"

"और छत पर पहुंचकर जब आपने यह देख लिया कि राखाल बाबू अकेले मुंडेर पर झुके हुए हैं और रीना वहां नहीं है, तब तो आपको विश्वास हो गया होगा कि रीना ही गिरी है?"

अल्का ने कहा, "हां।"

"तो फिर विश्वास हो चुकने के बाद भी आप तत्काल नीचे नहीं गईं बल्कि कुछ देर छत पर राखाल के साथ खड़ी रहीं और फिर जब राखाल नीचे गया तब आप लोग नीचे गए?"

"जी हां।"

"कारण?"

"कारण जैसा कि मेरे पति बतला चुके हैं कि उस समय हमने

राखाल बाबू को जिस मुद्रा में मुंडेर पर झुके हुए देखा था, उसे देखते हुए हमें तत्काल नीचे भागने के बजाय राखाल बाबू को बचाना ज़्यादा ज़रूरी लगा। क्योंकि जो गिर चुका था उसका तो जो हश्र होना था, हो चुका होगा और अब वह जो गिरने की सोच रहा था, उसको तो गिरने से बचाना हमारा कर्तव्य था।"

"क्या आपको भी रीना की कोई चीख सुनाई नहीं दी थी ?"

"जी नहीं।"

इंस्पेक्टर ने हैरान होकर कहा, "आश्चर्य है कि मुहल्ले वालों ने तो रीना की चीख सुन ली, जबकि आप दोनों में से किसीने नहीं सुनी !"

रीना बोली, "इसमें आश्चर्य की क्या बात है! मेरे पति उस समय बाथरूम में थे और मैं किचन में। बाथरूम में नल चल रहा था और किचन में स्टोव जल रहा था।"

इस हत्याकाण्ड के सिलसिले में राखाल चटर्जी से जो पूछताछ की गई वह इस प्रकार है :

"आपकी शादी को कितने साल हुए हैं ?"

"सात साल।"

"कोई बच्चा ?"

"जी नहीं।"

"कारण ?"

"पता नहीं।"

"आप अपनी पत्नी को चाहते थे ?"

"जी हां। न चाहने का कोई कारण नहीं था।"

"यह शादी आपने स्वयं की थी या आपके मां बाप ने की थी ?"

"मां-बाप ने।"

"यहां आपके घर में कौन-कौन थे ?"

"जी, बस कोई नहीं, मैं और मेरी पत्नी ही थे। मेरे घर वाले बर्दवान में रहते हैं और पत्नी का मायका है हावड़ा में।"

"आपकी पत्नी कहीं नौकरी भी करती थीं ?"

"जी हां, बह टेलीफोन आपरेटर थी।"

"आपको उनके चरित्र पर तो किसी प्रकार का कोई संदेह नहीं था?"

"जी नहीं, ऐसी कोई बात नहीं थी।"

इंस्पेक्टर ने पूछा, "कल जब आप अपनी पत्नी के साथ कनु सान्याल के यहां गए, तो आप दोनों को छत पर जाने की क्यों सूझी?"

राखाल ने कहा, "एक तो कमरों में बड़ी उमस थी और दूसरे उनकी छत पर से हावड़ा ब्रिज तथा हुगली में खड़े जहाज़ों का दृश्य बहुत अच्छी तरह से दिखाई देता है, इसलिए सोचा कि शाम के वक्त ज़रा छत की हवा खा लें और नज़ारा भी देख लें।"

इस संदर्भ में इंस्पेक्टर ने अगला सवाल पूछा, "क्या आप इस छत पर पहले भी कभी गए थे?"

"जी हां, कई बार।"

"अकेले कि पत्नी के साथ?"

"कई बार अकेले, कई बार पत्नी के साथ भी।"

"इसका मतलब, आपको मालूम था कि छत की मुंडेर बहुत नीची है?"

"जी हां, मालूम था।"

"और मालूम होते हुए भी आप अपनी पत्नी के साथ मुंडेर के एकदम करीब चले गए?"

"जी हां, बातें करते-करते बेध्यानी में जा पहुंचे। और फिर उसी बेध्यानी में रीना मुंडेर की ठोकर खाकर नीचे गिर पड़ी।"

"छत से गिरते समय आपकी पत्नी के मुंह से कोई चीख निकली थी?"

"जी हां। उस चीख से चौंककर ही तो मैं उस गिरती हुई की ओर लपकता-लपकता मुंडेर पर झुक गया था।"

"और फिर आप काफी देर तक उसी मुंडेर पर झुके हुए बैठे रहे?"

"जी हां।"

"मगर क्यों?" यह प्रश्न पूछते हुए इंस्पेक्टर के स्वर में संदेह स्पष्ट था।

मगर राखाल बाबू ने सहज भाव से कह दिया, "मेरे तो उस समय होश ही उड़ गए थे। मुझे तो बल्कि आश्चर्य हो रहा है कि मैं गिरते-गिरते बच कैसे गया! मेरे हाथ-पांव फूल चुके थे और मुझे कुछ सुझाई नहीं दे रहा था कि मुझे क्या करना चाहिए। तभी सान्याल बाबू ने मुझे बांह पकड़कर खींच लिया। और फिर जब उन्होंने रीना के बारे में पूछा तब मुझे लगा कि मेरे होश कुछ-कुछ लौट आए हैं। और मैं भागकर नीचे उतर गया था।"

इसके बाद इंस्पेक्टर ने प्रसंग बदलते हुए पूछना शुरू किया, "अच्छा, एक बात बतलाइए, अभी-अभी आपने कहा कि आप कई बार अकेले भी इस छत पर जाया करते थे, तो क्या तब आपकी पत्नी आपके साथ इनके यहां नहीं आई होती थी?"

राखाल बाबू ने कहा, "जी हां। कई बार ऐसा होता था कि मेरी पत्नी की शाम की ड्यूटी होती थी और मैं समय काटने के लिए अकेला ही अपने मित्र के यहां चला आया करता था।"

"समय काटने के लिए आप मित्र के यहां चले आते थे, लेकिन छत पर मित्र के साथ न जाकर अकेले क्यों जाते थे?"

"कभी-कभी सान्याल बाबू घर पर नहीं मिलते थे या कहीं गए होते थे, और थोड़ी देर में लौटने वाले होते थे, तो मैं ऊपर छत पर टहलकर उनका इंतज़ार किया करता था।"

"क्यों? नीचे उनके घर में क्यों नहीं बैठते थे?"

"घर में भी बैठता था। लेकिन कभी-कभी इनकी पत्नी किसी काम-धाम में व्यस्त होतीं तो मैं अकेला छत पर चला जाया करता था।"

"तो क्या सान्याल बाबू की अनुपस्थिति में उनकी पत्नी आपसे बातचीत करती हुई झेंपा करती थी?"

"जी नहीं, ऐसी कोई बात नहीं थी। हम लोग खासे खुलकर बात किया करते थे।"

"आमतौर पर आप लोगों में किस तरह की बातें हुआ करती

थी?"

इंस्पेक्टर के इस प्रश्न पर राखाल बाबू कुछ अनईज़ी महसूस करने लगे। साथ ही कहीं झुंझलाहट भी हो आई। कुढ़कर कह उठे, "अब यह सब याद रख पाना तो बड़ा मुश्किल होता है कि कब किससे आपने किस तरह की बातचीत की। और फिर मैं नहीं समझता कि इस मामले में मेरी और श्रीमती सान्याल की बातचीत का कोई ताल्लुक हो।"

"अच्छा खैर, बातचीत का ताल्लुक न सही, मैं वैसे जानना चाहता हूं कि आपके और श्रीमती सान्याल के क्या ताल्लुक थे?"

इस सवाल पर राखाल बाबू ने कुढ़े स्वर में कहा, "ताल्लुक स्पष्ट हैं, सान्याल मेरे दफ्तर के साथी हैं, दोस्त हैं और यह उनकी पत्नी हैं।"

इस प्रकार कनु सान्याल, अल्का सान्याल तथा राखाल चटर्जी के बयान ले चुकने के बाद पुलिस ने कनु सान्याल के मकान के कई अन्य लोगों से पूछताछ करके अपनी तफतीश पूरी की, और इस तफतीश के दौरान सान्याल के साथ वाले फ्लैट की एक बच्ची का बयान विशेषरूप से उल्लेखनीय है, क्योंकि एक प्रकार से इसी बच्ची के द्वारा वस्तुस्थिति पर प्रकाश पड़ सका था और हत्या की एकमात्र चश्मदीद गवाह भी यही बच्ची थी। बच्ची का नाम मीरा था। बिल्डिंग के कुछ अन्य बच्चों के साथ मीरा भी उस समय लुका-छिपी का खेल खेल रही थी। और उस खेल के दौरान वह छत पर जाकर ममटी की ओट में छिप गई थी। वह बीच-बीच में उझककर छत पर झांक रही थी कि उसको ढूंढ़ने वाला बच्चा छत पर तो नहीं आ रहा था।

मीरा का बयान लेने की ज़रूरत भी इसलिए पेश आई थी, क्योंकि मीरा ने इस दुर्घटना के बाद अपने घर जाकर पिता को सारी बात बतला दी थी और उसके पिता क्योंकि कनु सान्याल के बिल्कुल पड़ौसी थे इसलिए जब पुलिस ने उनसे पूछताछ की, तो उन्होंने अपनी बच्ची के हवाले से पुलिस को यह जानकारी दी थी।

इंस्पेक्टर ने जब मीरा को सीधे तौर पर प्रश्न पूछने शुरू किए

तो मीरा पहले तो बहुत घबराई, मगर बाद में उसने गले में थूक सटक-सटककर इंस्पेक्टर के सवालों के जवाब देने शुरू कर दिए। मुश्किल से वह आठ-नौ साल की लड़की थी।

इंस्पेक्टर ने पूछा, "हां तो बेटी, तुम लोग उस समय कौन-सा खेल खेल रहे थे?"

मीरा बोली, "लुका-छिपी।"

"मगर लुका-छिपी खेलते समय पहले भी कभी तुम लोग छत पर गए थे?"

मीरा ने हकलाते हुए कहा, "नहीं। छत पर जाने से तो हमारे डैडी हमें डांटते हैं। छत की मुंडेर जो नहीं है।"

"तो फिर उस शाम तुम छत पर कैसे चली गई थीं?"

मीरा ने कहा, "मैंने थोड़ी देर पहले राखाल अंकल को आंटी के साथ छत पर जाते हुए देखा था, इसलिए जब मेरी बारी आई छिपने की तो मैं छत पर जा छिपी।"

"जिस समय तुम छत पर गई उस समय राखाल बाबू ने तुम्हें देखा था?"

"नहीं। उन लोगों का तो मुंह दूसरी तरफ था। मैं चुपके-से जाकर छिप गई थी।"

"किस जगह छिप गई थीं?"

"वही सीढ़ी के ऊपर जो कमरा है ना, उसीकी दीवार के पीछे।"

"वे लोग तुमसे कितनी दूर थे?"

"बड़ी दूर। छत के उस पार। छत तो बहुत बड़ी है ना!"

"तो तुम जहां छिपी खड़ी थीं वहां से ये लोग दिखाई पड़ रहे थे?"

"हां-हां, खूब अच्छी तरह दिखाई पड़ रहे थे।"

"तो फिर तुमने क्या देखा?" इंस्पेक्टर यह प्रश्न पूछकर बड़े ध्यानपूर्वक मीरा के जवाब का इंतज़ार करने लगा।

मीरा ने कुछ याद करने की मुद्रा बनाते हुए कहना शुरू किया, "मैं दीवार के पीछे से झांककर यह देखने लगी कि कहीं खोखा मुझे

ढूंढ़ता हुआ छत पर तो नहीं आ निकला। पर मैंने देखा, राखाल अंकल ने आंटी का हाथ पकड़ा हुआ था और आंटी हंस रही थीं।"

"फिर?"

"फिर हंसी-हंसी में ही राखाल अंकल ने आंटी को धक्का दे दिया। आंटी की चीख सुनकर मैं डर गई और डरकर फिर दीवार केपीछे छिप गई।

"फिर?"

"फिर थोड़ी देर बाद जब मैं वहां से निकलकर नीचे भाग रही थी तो मैंने देखा कि राखाल अंकल भी मुंडेर पर औंधे पड़े हुए हैं। मैं घबराकर नीचे भाग गई।"

"फिर?"

मीरा की समझ में नहीं आ रहा था कि अब क्या कहे। हकलाती हुई बोलने लगी, "मैं तो डर के मारे अपने घर जा छिपी थी। मुझे नहीं मालूम।"

"तुमने अपने डैडी को यह बात कब बतलाई?"

"रात को जब डैडी घर लौटे तब।"

"उससे पहले तुमने किसीसे नहीं कहा?"

"ऊं-हुं।"

फिर इंस्पेक्टर ने मीरा को अपनी गोद में बिठाकर प्यार करते हुए पूछा, "अच्छा बेटी, यह बताओ कि राखाल अंकल को तुम कैसे जानते हो?"

मीरा ने उत्साहित होकर उत्तर दिया, "राखाल अंकल तो बहुत बार आया करते थे।"

"किसके पास?"

"हमारी अल्का आंटी के पास। हमें राखाल अंकल टाफियां लाकर दिया करते थे।"

"राखाल अंकल जब आते थे तो उस समय क्या सान्याल बाबू घर पर नहीं होते थे?"

मीरा ने सहज भाव में उत्तर दिया, "कई दफा होते भी थे, और कई दफा नहीं भी होते थे।"

इंस्पेक्टर ने पूछा, "जब नहीं होते थे तब राखाल अंकल अल्का आंटी से बातचीत करते थे?"

"हां-हां, क्यों नहीं करते थे, खूब करते थे।"

"कहां बैठते थे?"

"कमरे में, और कहां?"

"छत पर भी जाते थे?"

"हां, जाते थे।"

"अकेले?"

"नहीं, अल्का आंटी के साथ।"

"अच्छा बेटी, यह बताओ, कभी तुमने राखाल अंकल और अल्का आंटी की बातचीत सुनी है?"

"हां, सुनी है।" मीरा ने सिर हिलाकर बड़े विश्वासपूर्ण ढंग से उत्तर दिया।

"अच्छा तो बता सकती हो, कैसी बातें किया करते थे?"

मीरा ने याद करने की कोशिश की, लेकिन विशेष याद न कर पाई। कहने लगी, "जाने कैसी-कैसी बातें करते थे। खूब हंस-हंस-कर।"

इसके बाद इंस्पेक्टर ने अपनी गोद में बैठी हुई मीरा को प्यार से चूमकर पूछा, "अच्छा बेटी, यह बताओ कभी तुमने राखाल अंकल को अल्का आंटी से प्यार करते भी देखा?"

मीरा बोली, "हां, बहुत प्यार करते थे। प्यार करना कोई बुरी बात है क्या?" यह कहकर मीरा ने जिज्ञासा प्रकट करते हुए इंस्पेक्टर की ओर देखना शुरू कर दिया।

इंस्पेक्टर ने उसके गाल थपथपाते हुए कहा, "नहीं बेटी, प्यार बुरी बात थोड़े ही है। लड़ाई बुरी बात होती है।"

और इस प्रकार मीरा का बयान समाप्त हुआ।

पुलिस द्वारा की गई इस प्रारंभिक तफतीश के बाद रीना चटर्जी की हत्या के संदेह में राखाल चटर्जी को गिरफ्तार कर लिया गया था। बाद में राखाल ज़मानत पर रिहा हो गया। और अदा-लत में मुकदमा शुरू हो गया।

लेकिन मामला क्योंकि बड़ा पेचीदा था और पुलिस के पास ऐसा कोई प्रत्यक्ष प्रमाण नहीं था, जिसके आधार पर राखाल चटर्जी को मुजरिम करार दिलाया जा सकता, इसलिए गुप्त छानबीन के लिए पुलिस ने खुफिया विभाग की सहायता मांगी।

राखाल चटर्जी राजस्व विभाग में सहायक अधीक्षक थे। और कनु सान्याल उसी विभाग में अधीक्षक के पद पर काम करते थे। पदों में थोड़े अन्तर के बावजूद दोनों में काफी घनिष्ठता थी। उम्रों में इतना अन्तर भी इस घनिष्ठता में बाधक नहीं बना था।

कनु सान्याल की पहली पत्नी की मृत्यु हो चुकी थी और एक-मात्र संतान एक लड़की थी, जिसका ब्याह हो चुका था। इस प्रकार 45 वर्ष की उम्र में ही कनु सान्याल जब नितांत एकाकी रह गए तो उन्हें अपना अकेलापन बहुत खलने लगा था। उसी दौरान उनके रिश्ते की एक मौसी ने अपने किसी संबंधी की लड़की की बात चलाई, तो सान्याल बाबू ने पहले तो मना कर दिया, मगर फिर मौसी के बहुत इसरार करने पर लड़की देखनेभर के लिए राजी हो गए थे। सोचा तो उन्होंने यह था कि लड़की देखकर मना कर दूंगा और इस तरह मौसी की ज़िद भी पूरी हो जाएगी और बात भी टल जाएगी। मगर जब लड़की देखने के लिए बोलपुर गए तो लड़की को देखकर देखते ही रह गए। ऐसा सौंदर्य उन्होंने ज़िंदगी में पहली बार देखा था। और क्योंकि इस सौंदर्य के साथ उसे प्राप्त कर पाने की पूरी-पूरी संभावनाएं जुड़ी हुई थी, इसलिए उस सौंदर्य का जादू सान्याल बाबू के सिर चढ़कर बोल उठा।

लड़की का नाम अल्का था और उम्र मुश्किल से सोलह साल थी। मगर सौंदर्य के साथ-साथ अल्का के शरीर से फूटता हुआ यौवन सान्याल बाबू की ढलती उम्र में भी तनाव पैदा कर गया था।

अल्का के मां-बाप की आर्थिक स्थिति ऐसी नहीं थी कि वह अपनी लड़की के लिए उपयुक्त वर पाने का व्यय जुटा सकते। इसी-लिए उन्हें सान्याल बाबू की स्थिति के व्यक्ति को अपने दामाद के रूप में चुनने के लिए विवश होना पड़ा था।

शादी के बाद जब से अल्क कलकत्ता आई थी, सामान्य रूप

से उसका जीवन असंतुष्ट नहीं कहा जा सकता था, परन्तु फिर भी कहीं एक नामालूम-सी कभी उसे अपने दिल के किसी कोने में हर समय महसूस होती रहती थी।

परन्तु राखाल चटर्जी के साथ परिचय होने के बाद वह कमी पूरी होती दिखाई दी तो अल्का बड़ी तेज़ी के साथ राखाल की ओर आकर्षित होने लगी। उन दिनों राखाल चटर्जी की शादी हुए दो साल बीते थे। और वह अपनी पत्नी रीना के साथ पूरी तरह संतुष्ट था। रीना सामान्य रूप से सुन्दर, गृह-कुशल और पढ़ी-लिखी थी तथा टेलीफोन एक्सचेंज में आपरेटर के रूप में काम करती थी। रीना की ड्यूटियां हर हफ्ते बदलती रहती थीं। एक हफ्ता दिन की, एक हफ्ता शाम की और एक हफ्ता रात की। शाम की ड्यूटी वाले सप्ताह में वह प्रायः राखाल बाबू के घर लौटने से पहले ही ड्यूटी पर चली जाया करती थी और रात के बारह बजे लौटा करती थी। इन दिनों राखाल प्रायः दफ्तर से सीधे ही कनु सान्याल के साथ उनके घर चला जाता। वहीं शाम की चाय पीता और फिर रात को खाना खाकर अपने घर लौट आता।

सान्याल बाबू राखाल को बहुत चाहते थे। वे शुरू से ही उसे अपने छोटे भाई की तरह प्यार करते तथा एक मित्र का सा मान भी देते थे। राखाल के मन में भी सान्याल बाबू के प्रति आदरभाव था। इसी कारण शुरू-शुरू में जब अल्का ने उसके प्रति प्रेम-प्रदर्शन शुरू किया तो राखाल बड़े धर्म संकट की स्थिति में आ पड़ा था और उसने निर्णय ले लिया था कि अब वह सान्याल बाबू के यहां कभी जाएगा ही नहीं। परन्तु कुछ ही दिन बाद जब रीना की शाम की ड्यूटी का हफ्ता शुरू हुए दो दिन बीत गए और राखाल सान्याल बाबू के साथ उनके यहां नहीं गया तो एक शाम सान्याल बाबू ने राखाल से कहा, "लगता है, तुम मुझसे कुछ नाराज़ हो।"

"ऐसा आप क्यों सोच रहे हैं, मैं तो कभी सपने में भी आपसे नाराज़गी की बात नहीं सोच सकता।" राखाल ने अपने मन के भाव छिपाते हुए सकपकाकर कहा।

इस पर सान्याल बाबू कहने लगे, "तुम हमारे यहां क्यों नहीं

आते? आजकल भी तो रीना की शाम की ड्यूटी चल रही है। घर में अकेले जाकर क्या करते हो? चाय तक तो तुम बना नहीं सकते। खाना-वाना क्या बाज़ार से खाते हो आजकल?"

राखाल झेंप गया। मगर झेंप मिटाता हुआ कहने लगा, "असल में बात यह है सान्याल बाबू कि···"

"कहो न, रुक क्यों गए!"

"पता नहीं क्यों मुझे परेशानी गुज़रने लगी है कि···"

"क्या परेशानी है?"

"कुछ नहीं, आप पर रोज़-रोज़ बोझ बनना अच्छा नहीं लगता। रीना की ड्यूटी का चक्कर तो आए दिन का है।"

सान्याल बाबू ठहाका लगाकर हंस पड़े, "पगला कहीं का। ऐसी बातें सोचते हुए तुम्हें शर्म आनी चाहिए। तुम नहीं जानते मुझे कितनी खुशी होती है जब तुम मेरे साथ बैठकर चाय पीते हो या खाना खाते हो। लेकिन मैं सोच भी नहीं सकता था कि तुम इस सब को सामान्य व्यावहारिक रूप में लोगे।"

और फिर सान्याल बाबू राखाल को ज़बरदस्ती अपने घर ले गए। इस प्रकार उसका आना-जाना फिर से शुरू हो गया। इतवार को या किसी अन्य छुट्टी वाले दिन तो इन दोनों परिवारों का प्रायः एक-दूसरे के यहां आना-जाना होता रहता था। अल्का को राखाल के घर जाने की अपेक्षा उसे अपने यहां बुलवाना ज़्यादा अच्छा लगता था। जब-जब रीना राखाल के साथ आती, अल्का को मन ही मन एक बेचैनी महसूस होती। मगर ऊपरी तौर पर वह प्रसन्नता ही प्रकट करती। सामान्य रूप से उसकी स्वाभाविक प्रवृत्ति अन्तमुखी थी, परन्तु रीना की उपस्थिति में वह अतिरिक्त रूप से बातूनी हो जाती थी। शायद इस खयाल से कि रीना पर इस प्रकार का प्रभाव न पड़े कि वह उसके पति से प्यार करती है और उस प्यार के कारण डाह महसूस करती है।

सान्याल बाबू की उपस्थिति में भी अल्का राखाल के साथ बातचीत करते समय कुछ इसी प्रकार.बातूनी हो आती थी ताकि सान्याल को भी कोई संदेह न होने पाए।

स्वभाव से अन्तर्मुखी व्यक्ति जब बहिर्मुखी होने का स्वांग भरने लगता है तो भीतर ही भीतर वह कहीं टूटने भी लगता है। और यह टूटन उसके व्यक्तित्व को धीरे-धीरे विकृत करने लगती है। मानसिक विकृति के किसी ऐसे ही क्षण में एक शाम अल्का ने बेकाबू होकर राखाल से लिपटते हुए कह दिया था, "मैं अब तुम्हारे बिना ज़िंदा नहीं रह सकती।"

उस समय अल्का की भाव-भंगिमा, मुद्रा और स्वर में ऐसी तीव्र गरिमा थी कि राखाल भी पिघले बिना रह न सका। वह भी भावुक होकर अल्का से लिपट गया था और बड़ी बेचैन उसांस लेकर कह उठा था, "मेरी भी यही हालत हो रही है अल्का। मेरी समझ में नहीं आता, करूं क्या। हम दोनों ऐसी स्थितियों में उलझे हुए हैं कि इनसे निकल सकने का कोई रास्ता भी तो दिखाई नहीं देता।"

वास्तव में अल्का की भी यही स्थिति थी और उसे भी कोई रास्ता दिखाई नहीं दे रहा था।

यह घटना सन् 1950 की है। उन दिनों तलाक की व्यवस्था भी नहीं थी अन्यथा वे लोग जिस मन:स्थिति में थे, वैसी में किसी भी प्रकार कुछ भी करके वह तलाक प्राप्त कर एक-दूसरे के हो जाते।

अल्का अपने प्यार के जोश में दिनोंदिन होश खोती चली जा रही थी। और उसके प्यार की बदहवासी आहिस्ता-आहिस्ता राखाल के मन पर भी अपना रंग चढ़ाती जा रही थी।

सान्याल बाबू का नौकरी के अलावा एक साइड धंधा भी था। पार्क स्ट्रीट के एक बार का लाइसेंस उनके नाम था। इसके कारण उस धंधे में उन्हें लाभ का एक-चौथाई अंश मिला करता था। इस-लिए वे शाम या रात को किसी भी समय दो-एक घंटे वहां जाया करते थे ताकि हिसाब-किताब की प्रत्यक्ष जांच कर सकें। शुरू-शुरू में तो दो-एक बार वे राखाल को भी अपने साथ बार में ले गए थे, मगर राखाल को क्योंकि बार के वातावरण के प्रति वितृष्णा थी, इसलिए उसने स्पष्ट कह दिया था कि वह उसे वहां न ले जाया करें। उसके बाद सान्याल बाबू ने कभी मजबूर नहीं किया था। सान्याल

की अनुपस्थिति के यही दो-एक घंटे अल्का और राखाल के लिए वरदान सिद्ध होने लगे थे। परन्तु इस बात की उन दोनों ने कभी कल्पना भी नहीं की थी कि यही वरदान उन्हें एक भयंकर अभिशाप की ओर घसीटे लिए जा रहा है। क्योंकि ऐसे ही समय में अल्का ने अपने होश-हवास खोकर राखाल से कहा था, "क्या ऐसी कोई सूरत नहीं हो सकती कि हमारे रास्ते की रुकावटें दूर हो जाएं?"

राखाल ने बेचारगी प्रकट करते हुए बड़े ही कष्टपूर्ण स्वर में कहा था, "मुझे तो कोई सूरत नज़र नहीं आती।"

इस पर अल्का ने पलंग की पाटी पर माथा पटकते हुए कहना शुरू किया था, "कुछ करो राखाल, कुछ करो, वर्ना मैं मर जाऊंगी।" उस स्वर में उस समय एक ऐसी असह्य पीड़ा व्यक्त हो रही थी जिसने राखाल को कहीं बहुत गहरे तक हिला दिया था।

राखाल की इस मनःस्थिति की शह पाकर अल्का पहले से भी अधिक पीड़ा-युक्त स्वर में कहने लगी, "इससे तो अच्छा है, हम दोनों ज़हर खाकर मर जाएं।"

"नहीं-नहीं, ऐसा मत कहो।" राखाल ने अल्का के ओंठों पर उंगलियां रख दीं ओर फिर उसे उठाकर अपने सीने से लगाता हुआ कहने लगा, "चलो, कहीं भाग चलें।"

"हां चलो, अभी चलो। मैं अब एक क्षण के लिए भी यह घुटन बर्दाश्त नहीं कर सकती।" और यह कहते ही वह कुछ ऐसी मुद्रा में हो आई, गोया वाकई वह तत्काल उसे भगा ले जाना चाहती हो। राखाल की बांह पकड़कर उसे घसीटती हुई लगभग दरवाज़े तक ले गई, "चलो राखाल! हमें एक मिनट भी नष्ट नहीं करना चाहिए। अभी और इसी हाल में यहां से भाग चलो, जो होगा, देखा जाएगा।"

दरवाज़े के पास ठिठककर राखाल ने एक-आध मिनट कुछ सोचा और फिर निश्चय करके कह दिया, "हां, ठीक है, चलो!"

अल्का और राखाल जिस समय सीढ़ियां उतरकर नीचे सड़क पर आए, अंधेरा काफी घिर चुका था। तेज़ी से कदम उठाते हुए दोनों जने सड़क पर चलने लगे। चलते-चलते राखाल ने पीछे से आती टैक्सी को हाथ देकर रोक लिया। और फिर अल्का के साथ टैक्सी

में बैठकर टैक्सी वाले से कहा, "स्टेशन चलो।"

टैक्सी की पुश्त पर पीठ टिकाए बैठी अल्का को अपना मस्तिष्क एकदम खाली हो चुका लगने लगा था। तेज़ रफ्तार से चलती हुई टैक्सी की गति के साथ-साथ वह स्वयं को अन्तरिक्ष में उड़ती हुई अनुभव करने लगी। बंधनमुक्त हो चुकने का एक सपनीला-सा एहसास उसे एकदम भारहीन बना चुका था। और अब वह कुछ भी सोचना-समझना नहीं चाहती थी। उसके लिए इतना ही पर्याप्त था कि राखाल उसके साथ है और वे लोग उड़े जा रहे हैं—सारी बाधाएं झटककर तथा हर बंधन काटकर।

टैक्सी ज्योंही हावड़ा स्टेशन पर पहुंची, राखाल एक झटका-सा खाकर सिहर उठा।

टैक्सी छोड़कर वे लोग हावड़ा स्टेशन के विशाल वेटिंग हॉल में चले गए। इस हाल के चारों तरफ टिकट-खिड़कियां बनी हुई हैं और बीच में तरह-तरह की दुकानें। टिकट-खिड़की की ओर बढ़ते हुए राखाल ने पूछा, "मगर हमें जाना कहां है, अभी यह तो सोचा ही नहीं!"

अल्का कहने लगी, "कहीं भी। इतनी दूर जहां कि कोई हमें खोज न सके।"

राखाल हड़बड़ाकर कह उठा, "मेरे पास तो इस समय इतने पैसे भी नहीं हैं कि कहीं दूर जा सकें।"

अल्का झटका-सा खाकर कह उठी, "पैसे लाने का तो मुझे भी ध्यान नहीं रहा।"

"तो? क्या करें?" राखाल ने निराशाभरे स्वर में पूछा।

अल्का चुप रही। उसके जबड़े उस समय भिचे हुए थे और वह दायें हाथ की मुट्ठी बांधकर बाईं हथेली पर पटकती हुई सोच रही थी कि अब क्या किया जाए, कि तभी राखाल कह उठा, "मेरे खयाल में इस समय तो हमें वापस लौट जाना चाहिए। बाद में सारा इंत-ज़ाम करके ही भागना ठीक रहेगा।"

अल्का ने पता नहीं राखाल की यह बात सुनी कि नहीं। शायद नहीं सुनी थी, क्योंकि वह उस समय इस भयंकर सोच में से गुज़र-

कर तत्काल एक ऐसा निर्णय ले बैठी थी जिसे वह झट से कह देना चाहती थी। वह राखाल की बांह पकड़कर उसे एक अपेक्षाकृत एकांत कोने में ले गई। फिर कड़वे फुसफुसाहटी स्वर में कहने लगी, "क्या ऐसा नहीं हो सकता कि हम दोनों अपने रास्ते की रुकावटें ही दूर कर दें?"

"क्या मतलब?" राखाल के स्वर में उत्सुकता और आतंक का विचित्र सम्मिश्रण था। और उसने उस समय अल्का के चेहरे पर जो भाव देखा, वह उसके लिए अकल्पनीय था।

अल्का बोली, "तुम अपनी रुकावट दूर कर दो, मैं अपनी।"

"मगर कैसे, यह भी तो बतायो?" राखाल ने उतावले स्वर में पूछा।

अल्का ने कुछ ही देर पहले सोचकर जो निर्णय लिया था, वह संक्षेप में राखाल को बताते हुए कहा, "कल को इतवार है। कल तुम और रीना हमारे यहां शाम का खाना खाने आओ। हवाखोरी के बहाने रीना को छत पर ले जाना। हमारी छत की मुंडेर बहुत नीची है, तुम जानते ही हो। बातों-बातों में उसे मुंडेर के पास ले जाना और फिर हंसी-हंसी में उसे धकेल देना। उसके गिरते ही हल्ला-गुल्ला मचेगा। उसी हल्ले में मैं कनु को लेकर छत की ओर लपकूंगी। कनु मुंडेर पर झुककर देखने की कोशिश करेगा तो मैं उसे धक्का दे दूंगी।" अल्का,इतनी जल्दी और सपाट ढंग से सब कुछ कह गई, गोया यह सारा कार्यक्रम उसने बहुत अच्छी तरह से अपने जेहन में तैयार कर रखा था।

राखाल यह सुनकर सकते में आ गया। मगर अल्का के चेहरे पर उसने उस समय जो विवशता और पीड़ा उभरी हुई देखी, उसके कारण वह अल्का के प्रति कोई अन्य भाव अपने मन में ला ही न सका। उस समय तो उसे ऐसा लगने लगा था जैसे वह कोई क्रूर निर्णय नहीं ले रहे बल्कि दूसरों की क्रूरता से बचने का कोई उपाय ढूंढ़ रहे थे। इसलिए वह सहमत हो गया।

यह निर्णय लेने के बाद दोनों जने टैक्सी में बैठकर लौट गए थे। जिस समय वे घर पहुंचे तो घर वैसा का वैसा खुला पड़ा था।

सान्याल बाबू अभी तक लौटे नहीं थे। यह देखकर दोनों ने राहत महसूस की। अल्का को वहां छोड़कर राखाल तत्काल अपने घर चला गया था। और फिर अगले दिन शाम को रीना के साथ वहां जा पहुंचा था। उसी शाम यह सब घट गया था।

मगर अब राखाल प्रायश्चित्त की आग में झुलसा जा रहा था कि उसने ऐसा क्यों किया। रह-रहकर जो बात उसे सबसे अधिक साल रही थी, वह यह कि उस ने तो रीना के उकसाने पर अपनी पत्नी की हत्या कर दी, मगर अल्का ने अपना वादा नहीं निभाया। अल्का ने इस कार्यक्रम को बनाते समय जो नाटक सोच रखा था वह यह था कि रीना और सान्याल के एक-दूसरे के बाद छत से कूदकर मरने को यह रंग दिया जा सकता था कि वे दोनों एक-दूसरे को खूब चाहते थे और हालात से मजबूर होकर उन्होंने साथ-साथ इस प्रकार आत्म हत्या का फैसला कर लिया होगा। अल्का द्वारा सोचे गए इस नाटक में राखाल को कहीं कोई अस्वाभाविकता दिखाई नहीं दी थी। और उसे विश्वास हो गया था कि सब लोग उस पर यकीन कर लेंगे।

मगर अब उसे मलाल होने लगा था कि उसने अल्का पर विश्वास क्यों कर लिया। दुर्घटना वाली रात को सान्याल बाबू ने राखाल को अपने यहां ही रोक लिया था। उसी रात थोड़ी देर के लिए एकांत पाकर राखाल ने अल्का से कहा भी था, "आखिर तुम्हारे ही कदम लड़खड़ा गए ना!" इस पर अल्का बेचैन होकर कह उठी थी, "नहीं राखाल, मुझ पर विश्वास करो, मेरे कदम नहीं लड़खड़ाए थे। लेकिन उस समय स्थिति ही कुछ ऐसी थी कि मैं अगर कनु को धक्का देती तो तुम नीचे जा गिरते। क्योंकि वह तुम्हें बांह पकड़कर उठा चुका था और मेरे और तुम्हारे बीच था।"

राखाल के मुंह से एक आह निकल गई थी, "खैर, जो हुआ सो हुआ। अब मैं शायद इस बात का प्रायश्चित्त कभी नहीं कर पाऊंगा।"

मगर जब राखाल चटर्जी को अदालत में बयान देने के लिए पेश किया गया तो उसे अपने प्रायश्चित्त का मार्ग सुझाई दे गया। और उसने न केवल अपना अपराध स्वीकार कर लिया बल्कि हर बात पूरी-पूरी सच्चाई के साथ कह डाली।

परिणामस्वरूप अदालत ने उसे दोषी ठहराते हुए आजीवन कारावास का दण्ड सुना दिया। और कनु सान्याल ने इसी आधार पर अल्का को सदा के लिए त्याग दिया।

3. मामला दिल का

शोभा गोयल मेरठ के एक इंटर कालिज में रसायनशास्त्र की अध्यापिका थी। तीस साल की हो चुकी थी। शादी अभी तक नहीं हुई थी। शक्ल-सूरत साधारण, जिस्म भरा-पूरा। मगर मिज़ाज काफी चिड़चिड़ा। किसी मर्द की तरफ आंख उठाकर भी नहीं देखती थी। इसलिए किसी से मित्रता के संबंध स्थापित नहीं हो पाए थे।

शोभा के घर में कोई नहीं था। मां-बाप की मृत्यु हुए बीस साल हो चुके थे। उसका लालन-पालन सहारनपुर में मामा के यहां हुआ था। रसायनशास्त्र में एम० एस०-सी० करने के बाद एक वर्ष तक सहारनपुर के एक हाई स्कूल में अध्यापिका रही थी। मेरठ में नौकरी मिल गई तो यहां चली आई थी। यहां रहते उसे आठ साल हो चले थे।

मामा-मामी ने अपने परिचय के क्षेत्र के दो-तीन लड़कों से शोभा की शादी की बात भी चलाई थी, लेकिन अपनी जात के लड़कों वालों के मुंह बहुत खुले हुए थे। मामा की हैसियत बिलकुल मामूली थी, इसलिए शोभा की शादी उनके बस से बाहर थी। अधिक पढ़ा-लिखाकर उन्होंने जहां अपना फर्ज़ पूरा कर दिया था, वहीं यह मुसीबत भी खड़ी कर ली थी कि जात-बिरादरी में शोभा से अधिक या बराबर पढ़े-लिखे लड़के अव्वल तो थे ही कम, क्योंकि अधिकांश परिवार व्यापारी थे, और फिर जो उच्च शिक्षा प्राप्त

कर अच्छी-अच्छी नौकरियों में निकल गए थे, उनकी मांगें बड़ी-बड़ी थीं। जात से बाहर शादी करने की बात मामा सोच ही नहीं सकते थे।

शोभा का स्वभाव बचपन से ही चिड़चिड़ा था और वह बिलकुल भी मिलनसार नहीं थी। यहां तक कि उसकी अब तक कोई एक सहेली तक नहीं बन पाई थी।

हर काम में समय की पाबंदी वह घर में भी निबाहती और कालिज में भी। उसने दिन के चौबीस घंटों को कुछ ऐसी पाबंदी के साथ बांट रखा था और इतनी कड़ाई के साथ वह इसे निबाहती थी कि देखकर आश्चर्य होता था। लगता, जैसे इसी निबाह को उसने अपने जीवन का लक्ष्य बना लिया हो।

मगर जब से रंजन शर्मा से परिचय हुआ था, शोभा को अपने समय की बांट नए सिरे से करनी पड़ गई थी। और जो समय उसने रंजन से मिलने और बातचीत करने के लिए निश्चित कर लिया था, फिर उसका पालन भी वह सख्ती से करने लगी थी।

रंजन शर्मा उसी मकान में नये किरायेदार के रूप में आया था, जिसमें शोभा रहती थी। शोभा थी पहली मंज़िल पर और रंजन दूसरी मंज़िल पर। रंजन को इस नगर और मकान में आए सात महीने हो चुके थे, मगर शोभा को उसकी उपस्थिति का पता तक नहीं था। रंजन की उम्र भी तीस के ही आसपास थी और वह दवाइयों की एक अंग्रेज़ी कंपनी का फील्ड आफीसर था तथा मुरादाबाद से ट्रांसफर होकर आया था। वह भी क्योंकि रसायन-शास्त्र में ही एम० एस०-सी० था, इसलिए जब उसे पता चला कि उसी मकान में इस विषय की एक अध्यापिका रहती है तो शोभा से मिलने की उत्सुकता हो आई थी।

एक इतवार को दोपहर बाद शोभा अपने कमरे में बैठी पढ़ रही थी। दरवाज़ा उढ़का हुआ था। बाहर से किसीने हल्की-सी दस्तक दी तो शोभा ने बैठे-बैठे ही पूछा, "कौन ?"

"जी, मैं हूं रंजन शर्मा।" बाहर से बड़ा ही विनम्र स्वर सुनाई दिया।

"आ जाइए।" शोभा अभी तक कुर्सी से नहीं उठी थी।

रंजन ने दरवाज़े का एक पल्ला हौले से खोल दिया। मगर दहलीज़ पर खड़ा-खड़ा ही कहने लगा, "माफ कीजिएगा, आपको डिस्टर्ब किया। मैं आपके ऊपर वाले पोर्शन में रहता हूं। अभी कुछ ही महीने हुए, यहां आया हूं। सुना कि आप रसायनशास्त्र पढ़ाती हैं। मेरा भी विषय यही था, इसलिए मिलने चला आया। यों भी पड़ोसी के नाते परिचय..."

"ठीक है, तशरीफ लाइए।" शोभा ने कहकर सामने पड़ी कुर्सी की ओर इशारा कर दिया, "बैठिए।"

रंजन संकोच करता हुआ भीतर आकर कुर्सी पर टिक गया। शोभा की नज़रें अभी तक अपनी गोदी में खुली किताब पर ही टिकी हुई थीं और उसके चेहरे से ऐसा कुछ लग रहा था कि वह परिचयोत्सुक आगंतुक से बातचीत करने के मूड में कतई नहीं थी और यह कि आगंतुक को इस तरह किसीकी तनहाई में खलल डालने का कोई हक नहीं।

एक-आध मिनट तक रंजन इस उम्मीद में चुप रहा कि अभी कोई बातचीत का सिलसिला शुरू हो जाएगा मगर जब शोभा ने कोई लिफ्ट नहीं दी तो रंजन उठता हुआ कहने लगा, "मुझे अफसोस है, आपको डिस्टर्ब किया।"

"नहीं-नहीं, ऐसी कोई बात नहीं," शोभा बेमन से कहकर किताब बंद करती हुई पूछने लगी, "आप भी रसायनशास्त्र पढ़ाते हैं क्या?"

"जी नहीं," रंजन ने फिर से बैठते हुए कहा, "मैं सीबा कंपनी में काम करता हूं। रसायनशास्त्र में एम० एस०-सी० किया था।"

"कहां से?"

"लखनऊ से।"

"वहीं के रहने वाले हैं?"

"जी। और आप?" रंजन ने उत्साहित होकर पूछा।

"सहारनपुर।" शोभा ने बता दिया। मूड अभी तक ऐसा था, गोया इस फ़िजूल की बात चीत में समय नष्ट करना उसे पसंद

नहीं।

"आपसे मिलकर बड़ी खुशी हुई। असल में मैं तो मेरठ में बोर हो चला हूं। कोई कंपनी नहीं। बड़ा अकेलापन महसूस होता है।" रंजन ने सहज भाव से कह दिया।

"यहां घर में और कोई नहीं?"

"जी नहीं। मैं अभी तक अविवाहित हूं। आप?"

"अं?" शोभा की मुद्रा से लगा, जैसे सामने बैठे नवपरिचित आदमी ने इस तरह का प्रश्न पूछकर कोई बहुत बड़ी गुस्ताखी कर दी हो।

रंजन खिसियाना-सा होकर पूछने लगा, "मेरा मतलब है कि····"

तभी शोभा बोल पड़ी, "जी नहीं। मैंने भी शादी नहीं की।" और फिर बेसाख्ता कह गई, "और न कोई विचार है।"

"मेरे भी, यही विचार हैं कि शादी-ब्याह सब बकवास हैं। खासतौर पर जिस ढंग से हमारे यहां होते हैं, इनका कोई अर्थ नहीं। बल्कि उलटे विवाह की यह संस्था अनर्थकारी सिद्ध हो रही है। जब तक बाकई कोई एक-दूसरे को पूरी तरह जान-परख न ले, तब तक विवाह-बंधन का भला मतलब क्या है?" रंजन को सहसा लग आया जैसे वह कुछ ज़रूरत से ज़्यादा बोल गया है।

शोभा ने फर्श की ओर देखते हुए सिर्फ 'जी', कह दिया और फिर चुप हो गई।

रंजन ने ही फिर बात उठाई, "कहीं मैं आपकी मान्यताओं को ठेस तो नहीं पहुंचा रहा?" यह पूछते समय वह कुछ चिंतित हो आया।

इस पर शोभा ने एक क्षण के लिए कुछ इतनी बुझी हुई नज़र रंजन के चेहरे पर डाली कि रंजन ठगा-सा देखता रह गया। उसे आश्चर्य हो रहा था कि अभी कुछ देर पहले वाली शोभा और इस तरह देखने वाली शोभा क्या वास्तव में एक ही नारी थी!

तभी शोभा ने स्वयं को भीतर ही भीतर एक तेज़ झटका दिया और कहने लगी, "किसीके कहनेभर से तो दूसरे की मान्यताएं ठेस

नहीं खा जातीं! आखिर हर किसीको अपनी तरह सोचने का अधिकार है। यह तो कोई ज़रूरी नहीं कि कोई भी दो व्यक्ति हर बात पर एकमत ही हों।"

"जी नहीं, मैंने सिर्फ इसलिए कहा था कि कहीं आपको मेरी बात बुरी न लगी हो।" रंजन ने संतोष की सांस ली।

"जी नहीं, इसमें बुरी लगने वाली क्या बात थी! मगर हमारे समाज में ऐसी सुविधा नहीं है, इसलिए यह सब संभव नहीं। और दूसरी बात यह कि पूरी तरह जानने-परखने के बाद भी जिन समाजों में शादियां होती हैं, वहां भी कौन-सी सफल होती हैं!" शोभा ने तर्क दिया।

रंजन बोला, "जी हां, एक लिहाज़ से आपका यह कहना बिलकुल सही है। जहां जीवनसाथी के चुनाव में पूरी-पूरी आज़ादी है, डेटिंग आदि की सारी-सारी सुविधाएं हैं तथा जात-पांत के झमेले भी नहीं हैं और यहां तक कि बिना शादी के भी एक छत तले रहने की छूट है, वहां तलाक यहां से अधिक होते हैं। मगर इसमें दो बातें हैं। एक तो यह कि हमारे यहां तलाक को अभी अच्छी नज़र से नहीं देखा जाता, क्योंकि विवाह एक पवित्र बंधन माना जाता है, फलस्वरूप तालमेल न बैठने पर भी अधिकांश पति-पत्नी इस बंधन में बंधे रहते हैं। दूसरी बात शायद यह कि विवाह होते ही स्त्री-पुरुष की परस्पर अपेक्षाएं बदल जाती हैं।"

शोभा कहने लगी, "जड़ की बात तो यही है। इसलिए शादी से पहले वाली जान-परख बेमानी हो जाती है। हालांकि मैं यह नहीं कहती कि पहले की जान-परख होनी ही नहीं चाहिए। बिलकुल होनी चाहिए। मगर उसे एकदम सही-सही पैमाना नहीं मान लेना चाहिए।"

इसपर रंजन ने मुस्कराकर कहा, "आपका विश्लेषण सुन-कर तो मुझे लगने लगा है कि आप समाजशास्त्र भी बहुत अच्छा पढ़ा सकती हैं।"

शोभा भी ज़रा मुस्करा दी। और मुस्कराते ही उसे लग उठा कि वह शायद बहक गई है। इस एहसास ने फिर से उसके चेहरे

पर गंभीरता का मुखौटा चढ़ा दिया था।

मगर उस दिन जब रंजन उठकर चला गया तो शोभा को अपने इस मुखौटे पर कुढ़न हो आई। फलस्वरूप अगली बार की भेंट में उसने सयत्न वह मुखौटा हटाए रखा।

फिर इन मुलाकातों का सिलसिला जारी रहा और होते-हवाते ये मुलाकातें घनिष्ठता में बदल गई।

मगर रंजन के साथ घनिष्ठता के बावजूद शोभा ने अपने रोज़मर्रा के कार्यक्रम में कोई खास फर्क नहीं पड़ने दिया। इन भेंटों को भी उसने अपने टाइमटेबल का अंग बना लिया और भेंट का समय हो जाने पर वह पहले तो इस या उस बहाने भेंट स्थगित कर देती, लेकिन बाद में घनिष्ठता हो जाने पर मुस्कराकर साफ-साफ कहना शुरू कर दिया कि 'अच्छा रंजन, अब समय समाप्त।'

रंजन को शुरू में तो यह अनुशासन अखरता रहा, मगर बाद में उसने इसके प्रति कंसेशन बना लिया था और वह यथासंभव खुद ही ध्यान रखने लगा था।

इसी प्रकार लगभग एक साल सरक गया। शोभा और रंजन की घनिष्टता प्यार में परिणत हो चुकी थी। अब शोभा के स्वभाव का चिड़चिड़ापन भी काफी ठीक हो गया था तथा चेहरा खिला-खिला-सा दिखने लगा था।

परंतु अभी तक दोनों में शारीरिक संबंध स्थापित नहीं हो पाए थे। रंजन की पूरी-पूरी कोशिश के बावजूद शोभा सदा ही ऐसी स्थिति टाल देने में सफल रही थी। हालांकि इस टालने में उसे स्वयं अपने आप के साथ बेतरह लड़ना पड़ता था और कई बार तो वह इस लड़ाई में लगभग हथियार फेंक देने की स्थिति तक पहुंचती-पहुंचती बची थी।

लेकिन एक दिन शोभा को असह्य टूटन से मुक्त होने के लिए हथियार फेंक ही देने पडे। और बस, उसी क्षण से उसे लगने लगा कि वह रंजन द्वारा जीत ली जा चुकी है।

तभी से शोभा पूरी तरह अपना दिल हार बैठी थी और रंजन को अपना सब कुछ सौंपकर हर दृष्टि से उसीकी हो जाना चाहने

लगी थी।

आखिर एक दिन उसने रंजन के सामने विवाह का प्रस्ताव रख दिया। रंजन पहले तो थोड़ा झिझका, मगर फिर कहने लगा, "ठीक है, ज़रा मेरा ट्रांसफर का चक्कर ठीक हो ले तो फिर कर लेंगे। मैं अपने घर वालों को सूचित कर देता हूं, तुम अपने मामा को खत लिख दो, ताकि इस बीच औपचारिकताएं भी पूरी हो लें।"

शोभा ने पूछा, "तो क्या तुम्हारे तबादले की बात चल रही है?"

"हां, मगर मैं इस कोशिश में हूं कि कम से कम एक साल के लिए और टलवा दूं।"

"इतनी जल्दी-जल्दी तबादला होता है तुम्हारे यहां?" शोभा कुछ चिंतित हो गई।

रंजन बोला, "न हो तो दस-दस साल न हो, हो जाए तो साल-भर बाद ही। बहरहाल मैं कोशिश में हूं कि फिलहाल तो रुक ही जाए।" फिर कुछ रुककर कहने लगा, "शादी के बाद तुम्हारी नौकरी चलनी मुश्किल हो जाएगी।"

"क्यों?"

"भई, मेरी नौकरी जो ऐसी है कि कभी भी बदली हो सकती है।"

"तो क्या हुआ! होगी तो किसी शहर में ही। मेरे सब्जेक्ट की मांग हर कहीं है।" शोभा ने निश्चित होकर कहा।

मगर रंजन को उस समय शायद यह विषय अच्छा नहीं लग था। अन्य कोई ऐसा बहाना सूझ नहीं रहा था जिसकी आड़ लेकर शादी का यह प्रसंग स्थगित किया जा सकता, इसलिए प्यार करना शुरू कर दिया। उस समय की उसकी हरकतों में शोभा को छिछोरपन दिखाई दे रहा था। जबकि उसकी सहज प्रवृत्ति ऐसी कतई नहीं थी। शोभा को लगा कि रंजन विवाह की चर्चा से अस-हज हो उठा है।

जो हो, शोभा ने उस दिन फिर कोई बात नहीं की।

कुछ दिन बाद रंजन ने आकर उसे सूचना दी कि उसकी सारी-सारी कोशिशों के बावजूद उसका तबादला नहीं रुक सका और उसे अगले एक पखवाड़े के अंदर-अंदर कलकत्ता जाकर चार्ज संभाल लेने के ऑर्डर आ चुके थे।

तबादले की सूचना पाकर शोभा ने फिर बात चलाई तो रंजन की बातों से लगा कि वह टालने की कोशिश कर रहा था।

शोभा को इस बात से बड़ा कष्ट हुआ। वह पूछने लगी, "क्या तुम्हारा मन मुझ से भर गया है, रंजन?" यह पूछती हुई शोभा के स्वर में आत्मग्लानि, पीड़ा और आक्रोश का ऐसा विचित्र मेल था कि रंजन इस स्वर से सिहर उठा। तत्काल कह उठा, "नहीं, शोभा-यह तुम कैसी बात कह रही हो! मैं···मैंने तो तुम्हें चाह की आखिरी हदों तक चाहा है, डार्लिंग!"

"चाहा है, ठीक है, मानती हूं। इसीलिए तो पूछ रही हूं कि अब?" यह बात शोभा ने एकदम सहज भाव से कही थी।

"अब क्या?" रंजन निरर्थक प्रतिप्रश्न-कर उठा।

शोभा कुढ़े स्वर में कहने लगी, "यही कि अब वे हदें लंघ गई हैं और तुम्हारी चाह की चाशनी का तार टूट गया है!" इस बार शोभा की आवाज़ स्वगत भाषण जैसी थी।

रंजन शोभा के स्वर को इतनी जल्दी-जल्दी परिवर्तित होता पाकर डरने लगा था। मगर जैसे-कैसे अपने डर को छिपाने की कोशिश करने लगा और इस कोशिश में लगभग चीख उठा, "नहीं, शोभा, ऐसा मत कहो। मेरे प्यार का अपमान न करो।" कहता हुआ वह शोभा से लिपट गया। शोभा ने कोई आपत्ति न की। उसे खुलकर लिपटने दिया। रंजन लिपटकर रोने लगा। शोभा ने उसे चुप कराने की कोशिश भी नहीं की।

रो-लिपटकर जब रंजन शांत हुआ तो शोभा ने पूछा, "प्यार का तुम्हारे दिमाग में नक्शा क्या है, आखिर? चंद दिन मोजमस्ती करके विदा हो लेना ही प्यार है क्या?"

रंज़न ने बड़ी कष्ट की मुद्रा बनाकर जबड़े भींचते हुए कहा, "यह तुम कह रही हो, मेरे बारे में!"

"हां-आं···मैं कह रही हूं···तुम्हारे बारे में···क्योंकि तुम···" इतना कहते ही शोभा अपनी दोनों हथेलियों से अपना चेहरा ढक-कर फफक उठी, "तुम पहले और आखिरी पुरुष हो, जिसे मैंने प्यार किया है, अपना तन-मन सब कुछ हार दिया है···"

शोभा की आवाज़ में फूट रहा अथाह दर्द रंजन को भी कहीं द्रवित कर गया तो वह शोभा को अपनी बाहों में भरकर दुलारता हुआ कहने लगा, "मेरे जीवन में भी तुम पहली और अंतिम हो शोभा। मुझ पर विश्वास करो। मैंने भी सिर्फ तुम्हें ही चाहा है और जीवन के अंतिम सांस तक चाहता रहूंगा।"

शोभा बोली, "तो फिर मुझ से भाग क्यों रहे हो?"

"भाग कहां रहा हूं, शोभा! मजबूरी है, नौकरी का मामला है।"

"मगर मेरा दिल का मामला है, मेरी ज़िदगी का मामला है, मैं क्या करूं? कैसे जीऊंगी अब?" शोभा के सीने में जैसे कहीं कुछ मरोड़े खा रहा था।

रंजन बोला, "तुम चिंता मत करो, मैं कलकत्ता पहुंचकर मकान का इंतज़ाम करते ही तुम्हें बुला लूंगा।"

"फिर?" शोभा ने अजीब-सी नज़रों से देखते हुए पूछा। क्योंकि वह अब स्वयं शादी का ज़िक्र करके अपनी ही नज़रों में और अधिक अपमानित नहीं होना चाहती थी और यह साफ देख रही थी कि रंजन शादी का ज़िक्र बराबर टाले जा रहा था।

"फिर क्या, शोभा, हम एकसाथ रहेंगे।"

"कैसे?"

"कैसे! कैसे क्या?"

"उफ!!!" आक्रोश पर काबू पाते हुए शोभा के मुंह से सरक गया।

रंजन साहस बटोरकर कहने लगा, "देखो, शोभा, मैं···एक बात बहुत खुलकर कहना चाहता हूं, पहले ज़रा ठंडे दिल से सुन लेना, फिर तुम जैसा कहोगी, मैं मान लूंगा।"

शोभा रंजन के चेहरे की तरफ कुछ इस तरह देखने लगी, गोया

जानती थी कि वह क्या कहने जा रहा है, मगर फिर भी सुन लेना चाहती थी।

रंजन ने कहना शुरू किया, "तुम्हें याद होगा शोभा, हमारी पहली ही मुलाकात में इत्तफाक से विवाह की संस्था पर चर्चा चल निकली थी। और शायद यह भी याद होगा कि मैंने क्या कहा था। मैं, पता नहीं क्यों, मुझे लगता है कि इस बंधन में बंधकर मैं घुट जाऊंगा। इसीलिए विवाह की बात सोचते ही मैं कांप उठता हूं। तुम्हारी बात दुलखने का साहस न हो सकने के कारण ही पिछले दिनों एक बार मैंने अनचाहे हामी भी भर ली थी, लेकिन, यकीन करो, मुझे इस संस्था से ही कहीं घृणा है। तुम्हें मैं इतना अधिक प्यार करने लगा हूं कि इस प्यार का गला घोंटना अब मुझे कतई गवारा न हो सकेगा। मैं तुमसे आजीवन इसी तरह प्यार करते रहना चाहता हूं। हम लोग एक छत तले भी रह सकते हैं, मगर पति-पत्नी बनकर रहना शुरू करते ही हमारे प्यार की हत्या हो जाएगी।" फिर थोड़ा रुककर कहने लगा, "अगर इसपर भी तुम समझती हो, कि हमें शादी करनी ही होगी, तो मैं तैयार हूं। हालांकि मैं आजीवन अविवाहित रहने का निश्चय किए हुए था।" कहकर रंजन शोभा के निर्णय की कुछ इस तरह से प्रतीक्षा करने लगा, मानो आश्वस्त हो कि वह अब शादी का इसरार नहीं करेगी।

और शोभा ने वाकई कुछ नहीं कहा। वह गुमसुम हो गई।

रंजन ने समझ लिया कि अब बात बन गई है। इसलिए कुछ देर के बाद उसने फिर से शोभा को आलिंगन में कस लिया और फिर···

उस दिन के बाद से शोभा के अंदर एक अजीब-सा ठंडापन भर गया था। उसे कुछ भी अच्छा न लगता और कुछ भी करते समय उसे महसूस होता कि वह स्वयं नहीं कोई और ही कह रहा है। कालिज जाने को भी मन न होता। अनिच्छा से जाती। क्लास में पढ़ाते समय लगता, जैसे वह नहीं, कोई और बोल रहा है। चलती-फिरती, खाती-पीती, उठती-बैठती हुई भी यही महसूस करती।

रंजन उसे आलिंगन में लेता और प्यार करता तब भी शोभा को नहीं लगता कि वह उसीके साथ यह सब कर रहा है, बल्कि कुछ ऐसी अनुभूति होती कि मैं तो अलग एक कोने में खड़ी हुई हूं और रंजन किसी अन्य औरत को लिए पड़ा है। शोभा का नित्य का निश्चित टाइमटेबल भी इन दिनों इस कदर गड़बड़ा गया था कि सबको देखकर आश्चर्य होने लगा था। रंजन भी यह परिवर्तन स्पष्ट देख रहा था। मगर वह जानबूझकर इस बात को न उठाता, क्योंकि उसे कुछ ही दिन तो और काटने थे और वह चाहता था कि ये बाकी के कुछ दिन भी इसी तरह मौजमस्ती में कट जाएं।

इन्हीं दिनों एक दिन शोभा सुबह उठी तो उसे बड़ी बेचैनी महसूस होने लगी। कालिज जाने की तैयारी करते समय उसे लगा कि आज वह कालिज नहीं जा सकेगी। इसलिए उसने जाने का इरादा ही तर्क कर दिया और दरवाज़े बंद करके चुपचाप बिस्तर में पड़ गई। दिमाग की नसों को जितना ढीला छोड़ देने की कोशिश करती, तनाव उतना ही अधिक बढ़ता जाता।

थोड़ी देर बाद ही वह व्यग्र हो उठी और अनायास ही सीढ़ियां चढ़कर रंजन से मिलने चली गई। रंजन का अभी आफिस जाने का टाइम तो नहीं हुआ था, मगर उस समय अपने कमरे में नहीं था। कमरा, अलबत्ता खुला पड़ा था।

शोभा अन्दर जाकर एक कुर्सी में बैठ गई। रंजन के आने का इंतज़ार करने लगी। इंतज़ार करती हुई भी वह यह अनुभव किए बिना न रह सकी कि रंजन का इंतज़ार शोभा नहीं, बल्कि कोई और कर रही है।

जिस कुर्सी में बैठी थी, उसके सामने लिखने की मेज़ थी, जिस पर कुछ कागज़ विखरे पड़े थे और रंजन के नाम के छपे राइटिंग पैड पर एक पत्र अधूरा लिखा पड़ा था।

पत्र के संबोधन पर शोभा की नज़र पड़ गई तो वह उत्सुक हो उठी। झुककर पत्र पढ़ने लगी। पत्र पर तारीख भी उसी दिन की पड़ी हुई थी, यानी 24 दिसम्बर, 1949। उसपर ये पंक्तियां लिखी हुई थीं :

'संध्या डार्लिंग!

तुम्हें यह जानकर खुशी होगी कि मैं इसी महीने की 31 तारीख को सुबह सात बजे हावड़ा पहुंच रहा हूं। 30 की कालका मेल में मैंने बर्थ रिज़र्व करा ली है। मुझे रिसीव करने आ जाना ताकि तुम्हारा नया फ्लैट ढूंढने की तवालत से बच जाऊं। और हां, तुमने अपने पिछले पत्र में जो यह पूछा था कि मैं आजकल उखड़े-उखड़े खत क्यों लिख रहा हूं, उसका कारण यह था कि मैं यहां से तुरंत ट्रांसफर करवाने की कोशिश कर रहा था, क्योंकि यहां की जलवायु मुझे कतई मुआफिक नहीं आ रही, मगर ट्रांसफर में एक के बाद एक कई अड़चनें पड़ रही थीं। मगर, अब मैं कामयाब हो गया हूं और तुम्हें यह जानकर और अधिक खुशी होगी कि इस बार मैं सिर्फ तुम्हें मिलने ही नहीं आ रहा, बल्कि हमेशा के लिए तुम्हारे साथ रहने आ रहा हूं—अपनी प्यारी-प्यारी संध्या के लम्बे घने बालों की ठंडी छाया में नीड़ का निर्माण करने। संध्या, अब तो मैं चाहता हूं कि अपने पुराने प्यार को हम विवाह के पवित्र बंधन में बांधकर चिरस्थाई बना लें। इसीलिए अब मैंने जी-तोड़ कोशिश करके कलकत्ता कार्यालय में एक ऐसी पोस्ट प्राप्त कर ली है जिसमें ट्रांसफर का झंझट ही सदा के लिए कट जाएगा। सच, मैं घुमक्कड़ी कर-करके ऊब गया हूं। और अब टिककर चैन की जिंदगी जीना चाहता हूं। मेरठ आकर तो मैं इतना पछता रहा हूं कि···'

बस केवल यहीं तक लिखा था वह खत। मगर शोभा के लिए इतना ही बहुत काफी था।

रंजन या तो लेट्रीन गया होगा या फिर बाज़ार से सिगरेट वगैरा लेने, और वह किसी भी समय आ सकता था। मगर शोभा को उस समय एक पल भी रंजन की प्रतीक्षा असह्य हो आई।।

वह तत्काल उठकर दनादन सीढ़ियां उतर गई और अपने कमरे में जाकर फड़ाक से दरवाज़ा बंद कर लिया। एकदम से हांपने लगी थी। लगा कि कोई हत्यारा उसका पीछा कर रहा था और उससे जान बचाने के लिए मीलों तक बेतहाशा भाग-भागकर अपने घर में आ छिपी थी।

शोभा अपने बंद दरवाज़े को भी पीठ तथा दोनों बांहों से दबाए हुए खड़ी-खड़ी अपना दम टूटता महसूस करने लगी तो दरवाज़े के साथ ही घिसटती हुई वहीं गिरकर बैठ गई। उसे बुरी तरह चक्कर आने लगे। आंखों के आगे अनगिनत काली-काली बिंदिया-सी उड़ती हुई दिखाई देने लगीं। लगा, कि किसीने उसके दिल में स्रिंज लगा-कर शरीर की एक-एक नस-नाड़ी का सारा रक्त एकसाथ चूस लिया है और अब दिल की धड़कन बंद होने ही वाली है।

वह कब तक इस तरह पड़ी रही, उसे कुछ पता नहीं चला। फिर वह किस समय उठकर बाहर चली गई थी, इसकी भी स्मृति नहीं। कहां-कहां गई और क्या-क्या किया, कुछ सुध नहीं।

उसे होश तो उस समय आया, जब रात के समय उसके गिर्द कई सारे लोगों का जमघट लगा हुआ था और उसके सामने रंजन का रक्तरंजित शव पड़ा हुआ था। तभी उसकी नज़र अपने दायें हाथ में पकड़े हुए लहूलुहान छुरे पर पड़ी तो उसने चीख कर वह छुरा कुछ इस तरह झटक फेंका, गोया उसके हाथ में लाल जिह्वा वाला लपलपाता हुआ सांप आ पड़ा था।

रंजन को लहूलुहान पड़ा देखकर शोभा उससे लिपटकर दहाड़े मार-मारकर रो उठी थी और रह-रहकर उसकी छाती पर अपना सिर पटक रही थी।

पुलिस इंस्पेक्टर ने ही शोभा को पकड़कर रंजन की लाश से अलग करने की कोशिश की थी। परन्तु अपने को उसके हाथों से छुड़ा-छुड़ाकर वह रंजन की लाश से लिपट जाती और वहशत के साथ उसे जहां-तहां से चूमती हुई रह-रहकर बिलखने लगती।

बड़ी कठिनाई के साथ कई जनों ने मिलकर उसे किसी तरह काबू में किया और फिर पुलिस-वेन में डालकर सिटी कोतवाली ले गए। कोतवाली की हवालात में भी उसकी वही हालत रही तो पुलिस ने उसे जेल हवालात में भिजवा दिया।

कई दिन बाद मेरठ के जिला सेशन जज की अदालत में जब

शोभा को पेश किया गया, तब तक वह बिलकुल गुमसुम हो चुकी थी और किसी भी सवाल का जवाब नहीं दे रही थी। लाख कोशिशें की गई, मगर उसने कोई बयान नहीं दिया। बस, बिटर-बिटर तकती रहती हर समय।

लेकिन हालात के साक्षियों तथा चश्मदीद गवाहों के बयानों की बिना पर मुकदमे की कार्रवाई पूरी की जा रही थी।

सरकार की तरफ से नियुक्त बचाव पक्ष के वकील ने अदालत से प्रार्थना की कि मुल्ज़िमा का डॉक्टरी मुआइना कराना चाहिए। कोर्ट ने मुआइने का हुक्म दे दिया।

मुआइना हुआ तो पता चला कि शोभा का मस्तिष्क कुछ इस ढंग से संतुलन खो बैठा है कि इसकी वाचाशक्ति भी कुंद हो गई है।

सेशन जज ने मुल्ज़िमा के जीवन के पिछले रिकॉर्ड तथा हत्या के बाद की उसकी मन:स्थिति और अब हो आई, इस तरह की दुर्दशा को देखते हुए रहमदिली से काम लिया। इसलिए शोभा को हत्या के अपराध में दस वर्ष के साधारण कारावास का दंड दिया।

मगर दण्ड की अवधि अभी एक महीना भी नहीं बीत पाई थी कि हृदयगति रुक जाने से शोभा का देहान्त हो गया।

4. उन्माद

"मां, क्या मामा सचमुच तुम्हारे ममेरे भाई हैं?" सूरज ने बड़ी तल्ख आवाज़ में पूछा।

रामप्यारी अपने जवान बेटे के मुंह से ऐसे शब्द सुनकर चौंक गई। उसे सूझ नहीं रहा था कि किन शब्दों में वह सूरज की बात का जवाब दे। हकलाती हुई कहने लगी, "तुम्हें संदेह क्यों हुआ? अचल सिंह तुम्हारे मामा हैं। तुम्हारे लिए यह नई बात कैसे हुई? बताओ, तुम्हें क्यों संदेह हुआ?"

सूरज के स्वर में और अधिक क्रोध उमड़ आया, कहने लगा, "मां, काश तुम मेरी मां न होतीं!" और इतना कहकर वह मुट्ठियां भींचता हुआ कमरे से बाहर निकल गया। उसकी आंखों के सामने

रह-रहकर वही दृश्य कौंध-कौंध जा रहा था, जो उसने कल रात अपनी मां रानी रामप्यारी के शयन-कक्ष में देखा था।

सूरज चंद अब अठारह साल का जवान था। धौलपुर ज़िले की एक जागीर का मालिक। उसके पिता ठाकुर जयकृत सिंह की मृत्यु नौ साल पहले, यानी 1943 में हो चुकी थी। उस समय जागीर-दार जयकृत सिंह की उम्र तीस साल थी, और उनकी रानी राम-प्यारी की उम्र पच्चीस साल, तथा उनका लड़का सूरज तब नौ साल का था। जिन हालात में ठाकुर जयकृत सिंह की मृत्यु हुई थी, वे इतने विचित्र थे कि किसीको उस समय उनकी मृत्यु पर संदेह नहीं हुआ था। उन दिनों ठाकुर जयकृत सिंह अपने साले अचल सिंह के यहां किशनगढ़ गए हुए थे। किशनगढ़ में रात का खाना खाने के थोड़ी देर बाद ठाकुर बीमार पड़ गए थे। और दो-चार कै-दस्त के बाद मृत्यु हो गई थी। जो वैद्य उन्हें देखने आया था, उसने मृत्यु का कारण हैज़ा बताया था। ठाकुर जयकृत सिंह की मृत्यु के बाद उनकी जागीर की देखभाल उनकी विधवा पत्नी रामप्यारी करने लगी थी, क्योंकि सूरज चंद नाबालिग था।

रामप्यारी भरपूर जवानी में थी। कसा-गदराया बदन और लपलपाते हुए अरमान। जो भी उसे देखता, उसके सीने की गह-राइयों से एक आह निकल जाती कि यह रूप, यह यौवन और इस उम्र में वैधव्य का भार! लेकिन रामप्यारी के लिए अपने यौवन का भार वैधव्य के भार से शायद अधिक था। इसलिए लोगों की सहानुभूति उसे बिलकुल न सुहाती। इतनी बड़ी हवेली में उसका दुख-दर्द बंटाने वाला और कोई नहीं था। जवानी के बोझ को कौन बंटाता! अकेलापन उसे फनिहर सर्प की तरह डसने दौड़ता। और वह परेशान हो-होकर अपने ममेरे भाई अचल सिंह को पत्र लिखती। हालांकि जागीर की देखभाल का काम वह खुद ही करती थी, फिर भी कई ऐसे मामले होते, जिनमें उसे अचल सिंह की मदद की ज़रूरत अकसर पड़ा करती। अचल सिंह भी अकसर किशनगढ़ से धौलपुर आता-जाता रहता। जितने दिन वह रहता, रामप्यारी का मन बहला रहता। उन दिनों अकेलापन उसे परेशान नहीं

करता। और हवेली के नौकर-चाकर यह देख-देखकर हैरान होते कि अचल सिंह की मौजूदगी में रामप्यारी अपना विधवा वेष बदल देती और उसके चेहरे पर एक खास किस्म की चहक दिखाई देने लगती।

ठाकुर जयकृत सिंह की मौत के दो साल बाद एक बार राम-प्यारी बहुत सख्त बीमार पड़ी थी। लगभग तीन महीने तक बीमार रही। न तो खुद घर से बाहर निकली, न किसी मिलने-जुलने वाले को आने दिया। ठाकुर की मृत्यु के साल भर बाद ही उसने बेटे सूरज चंद को रायपुर के राजकुमार कालेज के छात्रावास में दाखिल करा दिया था। अपनी लंबी बीमारी के दौरान भी उसने बेटे को नहीं बुलवाया। मगर बीमारी में, क्योंकि कोई सगा-संबंधी पास होना चाहिए, इस लोक-दिखावे के लिए अचल सिंह को बुलवा लिया था। अचल सिंह अपने साथ किशनगढ़ से अपना खास वैद्य भी लेकर आया था। वही वैद्य रामप्यारी का इलाज करता रहा। जब तक इलाज चलता रहा, अचल सिंह भी धौलपुर में ही रहा। आखिर तीन महीने बाद रामप्यारी का इलाज पूरा हुआ और वह चलने-फिरने के काबिल हो गई। मगर अचल सिंह तब तक वहीं बना रहा जब तक कि गर्मियों की छुट्टियों में सूरज चंद घर नहीं आ गया।

अचल सिंह भी ठाकुर था और किशनगढ़ में एक अच्छी-खासी जागीर का मालिक था। मगर उसकी आदतें बड़ी अजीब-अजीब थीं। तरह-तरह के विचित्र शौक उसने पाल रखे थे। शिकार, शराब, वैश्यावृत्ति तो ठाकुरों में आम शौक माने जाते हैं। इनके अलावा वह तरह-तरह के रास-रंग और नये-नये किस्म के जुए खेला करता था। काफी छोटी उम्र में उसकी शादी हो गई थी, इस-लिए पत्नी में कोई रुचि रह नहीं गई थी।

रामप्यारी की लम्बी बीमारी के बाद से अचल सिंह अकसर 'धौलपुर में ही रहने लगा था। साल में लगभग नौ महीने वहीं बीतते। सिर्फ गर्मियों की छुट्टियों में दो-तीन महीने के लिए वह किशनगढ़ चला जाता। क्योंकि गर्मियों की छुट्टियों में सूरज चंद घर

आ जाता था।

धौलपुर में जागीरदार की हवेली उन दिनों लोगों की खास चर्चा का विषय बनी हुई थी। कई तरह की अफवाहें फैलने लगी थीं। एक अफवाह यह भी थी कि रानी रामप्यारी की दासी दुलारी पर अचल सिंह आशिक हो गया है, इसीलिए अकसर यहीं डेरा लगाए रहता है।

उन्हीं दिनों धौलपुर में एक बड़ी अजीब घटना हो गई। कैल-सिया नाम की एक अधेड़ औरत अचानक गायब हो गई। और यह रहस्य किसीकी समझ में नहीं आया। कैलसिया के लड़कों ने पुलिस की मदद से कोई कसर नहीं छोड़ी, मगर कैलसिया की कहीं कोई खोज-खबर नहीं मिली। सिर्फ मिला, तो एक कंटीली झाड़ी में फंसा हुआ एक छोटा-सा कपड़ा, जिसे उसके लड़कों ने पहचान लिया था कि यह उनकी मां की साड़ी का टुकड़ा है। कांच की चूड़ियों के कुछ टुकड़े भी झाड़ी के पास पड़े मिले थे। इसके अलावा कुछ पता नहीं चल सका। इस बात का सुराग भी नहीं लग पाया था कि साड़ी का वह टुकड़ा और चूड़ियों की टूट उस झाड़ी के पास कैसे पहुंचीं। बहरहाल, पुलिस ने अंदाज़ लगाया कि कैलसिया की हत्या कर दी गई होगी। लेकिन हत्या किसने की, क्यों की, और हत्या करने के बाद कैलसिया की लाश को कहां पर ठिकाने लगाया गया, यह रहस्य ही रहा।

कैलसिया की हत्या के छः साल बाद धौलपुर में एक और बड़ी विचित्र हत्या हुई, जिससे चारों ओर सनसनी फैल गई। क्योंकि इस हत्या का भी न कोई मोटिव समझ में आ रहा था और न हत्यारे का पता चल रहा था। इस बार हत्या हुई थी सूरज चंद की।

इस हत्या के रहस्य पर से जब पर्दा हटा तो उससे जो तथ्य सामने आए, वे इस प्रकार थे कि सूरज चंद की हत्या उसके मामा अचल सिंह ने की थी।

सूरज ने अब अचल सिंह को एक दिन अपनी मां के शयन-कक्ष में आपत्तिजनक मुद्रा में देखा तो सूरज आपे से बाहर हो गया।

पहले उसकी झड़प मां से हुई, फिर अचल सिंह से।

सूरज अब खासा जवान हो चुका था। हृष्ट-पुष्ट भी अचल सिह से अधिक था, इसलिए उसने तैश में आकर अचल सिंह को धक्के देकर घर से बाहर निकाल दिया था और खूब लानत-मलामत की थी। यह बात है 10 मई, 1953 की। उसके बाद बारह तारीख को शाम के समय सूरज अपने गांव से बाहर दो साथियों के साथ टहल रहा था। एक का नाम था अर्जुन और दूसरे का भिलाप। दोनों उसके दोस्त थे। टहलते-टहलते सूरज को घोड़े की टापे सुनाई देने लगीं तो उसने नज़रें उठाकर देखा और देखते ही हैरान रह गया। उसकी समझ में नहीं आया कि कोन घुड़सवार है जो इतनी तेज़ी से किशनगढ़ की ओर भागा जा रहा है। मगर वह गौर से देखने पर पहचान गया। और पहचानते ही उसकी आंखें लाल हो गईं। वह तत्काल हवेली की ओर भागा। उसके दोनों साथी उसे भागता हुआ देखकर हैरान हो गए। उन्होंने दौड़कर उसे पकड़ा। मिलाप ने घबराकर उससे पूछा, "क्या बात है, कहां जा रहे हो?"

सूरज ने अपनी बांह छुड़ाते हुए कहा, "छोड़ो मुझे, घर जाने दो।"

मगर वे दोनों दोस्त भी सूरज के साथ ही भागते हुए हवेली में चले गए। उन्होंने बहुत कोशिश की कि किसी तरह सूरज अपनी घबराहट का कारण बतला दे। मगर सूरज ने कुछ नहीं बताया। कहा तो सिर्फ इतना, "मैं चाहता हूं, आज तुम दोनों रात को मेरे साथ सोओ।"

अर्जुन ने कहा, "सोने में तो हमें कोई एतराज़ नहीं है, मगर बताओ तो सही बात क्या है?"

"कुछ बात नहीं, यूं ही।"

इसपर मिलाप ने कहा, "यूं ही तो तुम इतने घबराने वाले हो नहीं। छिपा क्यों रहे हो? बताते क्यों नहीं?"

इसपर सूरज ने झल्लाकर कहा, "भई, तुम सोना चाहते हो तो सो जाना, वर्ना···"

"अच्छा बाबा सो जाएंगे, मत बतलाओ।" यह मिलाप ने कहा था।

और फिर उस रात अर्जुन और मिलाप दोनों ही हवेली के आंगन में सूरज के साथ सोए थे। बीच में सूरज की खाट थी और दायें-बायें उन दोनों की। रामप्यारी अन्दर सो रही थी।

उस रात सूरज रातभर सो न सका। अगला पूरा दिन भी वह बेतरह परेशान रहा। अर्जुन और मिलाप को हर समय उसने अपने साथ ही रखा। और अगली रात भी उसी तरह सोए। आंगन में बीचोबीच तीन खाटें बिछीं। दायें-बायें अर्जुन और मिलाप तथा बीच में सूरज। हवेली के फाटक पर दरबान पहरा दे रहा था। रामप्यारी अंदर सोई हुई थी।

रात के बारह बजे तक सूरज को नींद नहीं आई और उसके बाद उसकी आंख लग गई। अर्जुन और मिलाप कब के खुर्राटे भर रहे थे। दो बजे के करीब बन्दूक के दो धमाके सुनाई दिए। धमाके सुनकर अर्जुन और मिलाप की आंखें खुल गईं। वे हड़बड़ाकर इधर-उधर देखने लगे। अंधेरे के कारण कुछ भी दिखाई नहीं दिया तो लपककर दरबान तक पहुंचे। दरबान बैठा ऊंघ रहा था। उसके पास पड़ी लालटेन मद्धम-मद्धम जल रही थी। मिलाप ने लालटेन उठाकर बत्ती ऊंची की। और फिर वह और अर्जुन इधर-उधर देखने लगे। इस बीच हवेली के कुछ और लोग भी आंगन में पहुंच गए थे। लालटेन की रोशनी में अर्जुन और मिलाप ने जो दृश्य देखा, उसे देखकर उनकी आंखें फटी की फटी रह गई। खाट पर सूरज की लाश थी। रामप्यारी फर्श पर बेहोश पड़ी हुई थी। तब तक दरबान भी आ पहुंचा और यह देखते ही थाने में खबर देने के लिए भाग गया।

अलसुबह पुलिस आई। मुआयना किया। रिपोर्ट लिखी और लाश को पोस्टमार्टम के लिए भेज दिया गया।

पुलिस ने तफतीश करके अगले ही दिन अचल सिंह को गिरफ्तार कर लिया। गिरफ्तारी के समय अचल सिंह किशनगढ़ की एक वैश्या के घर बैठा शराब पी रहा था।

अचल सिंह की गिरफ्तारी से धौलपुर में अजब-सी सनसनी फैल गई। क्योंकि लोगों को विश्वास नहीं हो रहा था कि कोई मामा अपने भानजे का कत्ल कर सकता है।

मगर फिर जब उससे अगले दिन रामप्यारी को भी गिरफ्तार कर लिया गया तो लोगों के आश्चर्य का ठिकाना न रहा।

रामप्यारी ने अदालत में अपना जुर्म स्वीकार कर लिया। मगर मजिस्ट्रेट को उसकी स्वीकृति पर भी विश्वास नहीं हुआ तो पूछा, "तो क्या तुम वाकई मृतक की मां हो ?"

"हां, मैं मां हूं। मगर मां के नाम पर कलंक हूं।"

"मगर ऐसा तुमने क्यों किया ?"

"मेरी समझ में खुद नहीं आ रहा है कि मैंने क्यों किया और यह सब कैसे हो गया !"

फिर सरकारी वकील ने रामप्यारी से सवाल किया, "क्या अचल सिंह तुम्हारा ममेरा भाई है ?"

रामप्यारी ने बड़े अजीब स्वर में उत्तर दिया, "पहले तो मैं ऐसा ही समझती थी, मगर बाद में पता चला कि ऐसा नहीं है।"

"कैसे पता चला ?"

"मेरे पति की मृत्यु के बाद मैं अपनी जागीर की देखभाल स्वयं किया करती थी, परन्तु कई बार मुझे कुछ मामलों में अचल सिंह की मदद की ज़रूरत पड़ा करती थी। इसलिए मैं इसे अधिकतर बुलवा लिया करती थी। यह हवेली में ही आकर ठहरा करता था। एक रात उसके सिर में दर्द हुआ तो मैं उसका सिर दबाने बैठ गई। उसने कहा कि रोशनी में सिर-दर्द बढ़ जाता है इसलिए रोशनी बंद कर दो। मैंने बत्ती बुझा दी और उसके सिर पर बाम लगाने लगी। तभी अचल ने मेरी बांह पकड़ ली और मुझे अपने साथ लिटा लिया। मैंने उसे रोका कि वह तो मेरा ममेरा भाई है, मगर अचल ने उस रात पहली बार मुझे बताया कि मामा ने उसे गोद लिया हुआ था, वह मेरे मामा का सगा पुत्र नहीं। बस, उसो रात से हमारे संबंध बदल गए। मैं भी बदल गई। मेरे आसपास का सब कुछ बदला हुआ दिखाई देने लगा। मेरे मन की सारी भावनाएं बदली

हुई लगने लगीं। लगा कि मेरी पूरी दुनिया ही बदल गई है। शायद मैं मैं नहीं रह गई थी, कुछ और हो गई थी। इसी तरह लगभग दो साल सरक गए। तभी एक दिन मुझे लगा कि मैं तो गर्भवती हो गई हूं। मैं चिंतित हो गई। तीन-चार महीने इसी चिंता में निकल गए तो पेट कुछ ज़्यादा बढ़ने लगा। मैंने अचल को चिट्ठी लिख दी। वह किशनगढ़ से अपने साथ वैद्य लेकर आ गया। उसीने मेरा गर्भपात किया। कैलसिया ने भी उन दिनों मेरी सहायता की। कैलसिया को मैंने खासी बख्शीश दी। मगर उसके कुछ महीने बाद से ही उसने मुझे ब्लैकमेल करना शुरू कर दिया। मैं ब्लैकमेल होती रही। वह मुझसे खासा रुपया ऐंठती रही। एक दिन जब उसने आकर एकमुश्त पांच हज़ार रुपये की फर्मायिश कर दी तो मैं और अचल सिंह परेशान हो गए। हम लोगों ने आपस में सलाह की और सलाह करने के बाद कैलसिया से कहा कि ठीक है, तुम आधी रात के बाद अमुक झाड़ी के पास पहुंच जाना, वहीं तुम्हें रुपया मिल जाएगा। कैलसिया निश्चित समय पर वहां पहुंच गई। अचल सिंह पहले से ही वहां मौजूद था। लोहे का डंडा वह साथ ले गया था। कैलसिया के आते ही उसने उसके सिर पर प्रहार कर दिया। कैल-सिया मर गई तो उसकी लाश को ठिकाने लगा दिया गया।

"इधर मेरे और अचल के संबंधों को लेकर सूरज को संदेह होना शुरू हो गया था। सूरज अब जवान हो चुका था। एक दिन उसने अपनी आंखों से मुझे और अचल को मेरे कमरे में जिस हालत में देख लिया था उससे उसका संदेह पक्का हो गया। और उसका खून खौल उठा। उसने अचल को धक्के देकर घर से निकाल दिया। और फिर मुझपर भी काफी बिगड़ा था।

"फिर एक दिन अचल चोरी से मुझे मिलने आया। कहने लगा कि वह मेरे बिना जिंदा नहीं रह सकता। हालत मेरी भी लगभग वही थी। लेकिन मैं सूरज के कारण मजबूर थी। मुझे सूरज से डर लगने लगा था। वह अब मुझपर सिर्फ भड़कता ही नहीं था, बल्कि क्रोध में भर-भरकर मेरा गला तक दबाने के लिए लपकने लगा था। मैंने यह सारी स्थिति अचल को बताई तो उसने

मुझे राय दी कि ऐसी हालत में सूरज को ठिकाने लगा देने के सिवा कोई चारा नहीं है। मैंने उसकी बात का समर्थन किया, क्योंकि मुझे भी उस समय और कोई चारा नहीं सूझ पाया था। लेकिन अचल के जाने के बाद मुझे लगा कि हमने जो फैसला किया है वह गलत है, और मुझे ऐसा नहीं करना चाहिए। तब मुझे वाकई लगने लगा था कि यह सब हुआ तो अनर्थ होजाएगा और मैं उस अनर्थ को भी झेल न सकूंगी। मैं सोचने लगी कि अचल को मना कर दूंगी। मगर मुझे क्या पता था कि अचल इतनी जल्दी यह सब कर डालेगा। क्योंकि अचल के जाने के थोड़ी देर बाद ही जब सूरज घर आया तो वह क्रोध में कांप रहा था। उसने मुझसे पूछा, कि कौन आया था? तो मैंने साफ बतला दिया। लेकिन साथ ही यह झूठ भी बोल गई कि मैंने अब अचल को यहां कभी न आने के लिए कह दिया है। मैंने सूरज को यह भी समझा दिया कि क्योंकि अचल का मिज़ाज बहुत गरम है इसलिए कुछ ठीक नहीं कि वह कब क्या कर डाले। बड़े स्पष्ट शब्दों में मैंने सूरज को अपनी सुरक्षा का प्रबन्ध कर लेने की हिदायत भी कर दी थी। सूरज घबरा गया था। इस डर से उसने अर्जुन और मिलाप को अपने साथ सुलाना शुरू कर दिया था।"

सरकारी वकील ने रामप्यारी से प्रश्न किया, "क्या आपको मालूम है कि आपके पति की हत्या भी अचल सिंह ने ही की थी?"

"नहीं।"

"नहीं से क्या मतलब? हत्या नहीं की थी या आपको पता नहीं?"

"हत्या नहीं की थी।"

"तो फिर ठाकुर जयकृत सिंह की मृत्यु कैसे हुई?"

रामप्यारी ने जवाब दिया, "हैज़े से।"

"हैज़ा कहां पर हुआ था?"

"किशनगढ़ में।"

"यानी अचल सिंह के घर में?

"जी।"

"ठाकुर जयकृत सिंह अचल सिंह के घर क्यों गए थे?"

"अचल सिंह ने बुलवाया था।"

"किस काम से?"

"अचल सिंह ने मेरे पति से साढ़े ग्यारह हज़ार रुपया उधार लिया था। मेरे पति के पास इस उधारी का प्रोनोट था। अचल सिंह ने लिखा था कि प्रोनोट लेकर चले आएं, वह रुपया अदा कर देगा।"

"तो क्या वह रुपया मिल गया था?"

"मुझे पता नहीं।"

"मगर हमने अब जो तहकीकात कराई है उससे पता चल गया है कि वह रुपया अदा नहीं किया गया था, बल्कि अदा करने के झांसे में ठाकुर जयकृत सिंह को प्रोनोट लेकर आने के लिए लिखा गया था। जयकृत सिंह प्रोनोट लेकर जब वहां पहुंचे तो उन्हें अचल सिंह ने भोजन के साथ संखिया खिला दिया था। संखिया खाने के बाद भी वैसे ही लक्षण होते हैं जैसे हैज़े के होते हैं। मगर अचल सिंह ने जिस वैद्य को वहां भिजवाया था वह वही वैद्य था जिसने आपका गर्भपात भी किया था। उस वैद्य को भी अब गिरफ्तार किया जा चुका है। और उसी के बयान से पता चला है कि आपके पति को संखिया दिया गया था। परन्तु इन सारी स्थितियों को देखते हुए यह साफ लगता है कि अचल सिंह ने उस रुपये के लालच में ही ठाकुर जयकृत सिंह की हत्या नहीं की थी, बल्कि उसके पीछे कोई और बड़ा कारण भी था। क्या आप उस कारण पर रोशनी डाल सकती हैं?"

इस प्रश्न के उत्तर में रामप्यारी चुप रही। बार-बार पूछने पर भी जब उसने कोई जवाब न दिया तो सरकारी वकील ने पुराने खतों का एक पुलिन्दा रामप्यारी के आगे बढ़ाते हुए पूछा, "क्या आप इन खतों को पहचानती हैं?"

रामप्यारी ने वे खत खोलकर पढ़े तो सकते में आ गई।

"ये वही खत हैं जो आपने उस ज़माने में अचल को लिखे थे। और आपके ये प्रेम-पत्र हमें अचल सिंह के मकान की तलाशी लेने पर मिले हैं। बतलाइए, ये आपके ही खत हैं ना?"

"जी।"

“क्या अब भी आप इस बात से इनकार कर सकती हैं कि ठाकुर जयकृत सिंह की हत्या नहीं की गई थी? और यह कि क्या आपका अपने पति की हत्या में हाथ नहीं था? आपने अदालत के सामने यह भी झूठ बोला है कि पति की मृत्यु के बाद ही अचल से आपके प्रेम-संबंध शुरू हुए हैं। इन खतों से साफ ज़ाहिर है कि शादी से पहले ही आपका प्रेम-व्यापार चल रहा था। और इसी प्रेम में अंधी होकर आप अपने पति और पुत्र की हत्या का कारण बनीं।”

रामप्यारी के पास इन सब बातों का कोई जवाब नहीं था। उसने सिर झुकाकर सब कुछ स्वीकार कर लिया।

मगर अचल सिंह ने शुरू से आखीर तक कोई भी बात स्वीकार नहीं की। उससे पूछा गया, “क्या रामप्यारी से आपका कोई प्रेम-सम्बन्ध था?”

उसने कहा, “नहीं। रामप्यारी मेरी फुफेरी बहन है। मैं इसे हमेशा ही बहन की निगाह से देखता रहा हूं।”

“ठाकुर जयकृत सिंह के पास आपका जो प्रोनोट था, वह अब आपके घर से कैसे बरामद हुआ?”

“मैंने रुपये चुकाकर प्रोनोट वापस ले लिया था।”

“ठाकुर की मृत्यु जब आपके घर में हुई थी तो उनके पास से वह रुपया बरामद होना चाहिए था। क्या उस समय उनकी जेब से रुपया मिला था?”

“मुझे कुछ पता नहीं। मैंने उनकी तलाशी नहीं ली थी।”

“वैद्य को आपने कितनी रिश्वत दी थी?”

“रिश्वत का कोई सवाल ही नहीं, मैंने उसे अपने बहनोई के इलाज के लिए बुलवाया था सो उसकी फीस दी और दवाई के पैसे।”

“कैलसिया की हत्या किसने की थी?”

“मुझे क्या मालूम?”

“रामप्यारी के गर्भवती होने का तो आपको पता होगा? और गर्भ गिराने की बात भी मालूम होगी?”

“मुझे कुछ पता नहीं। और न मैं इस बात पर विश्वास कर सकता हूं कि मेरी बहन अपने पति की मृत्यु के दो साल बाद गर्भ-

वती हो सकती थी।"

"सूरज चंद की हत्या भी आपने नहीं की?"

"नहीं। सूरज की हत्या जिस समय हुई बताई जाती है उस समय तो मैं किशनगढ़ में था।"

"श्यामा नामक वैश्या के कोठे पर?"

"जी हां।"

"क्या आप श्यामा को गवाही के लिए बुलवा सकते हैं?"

"मैं इसकी कोई ज़रूरत नहीं समझता।"

"क्यों?"

"क्योंकि पुलिस ने मुझे वहां से गिरफ्तार किया था। इससे ज़्यादा श्यामा और क्या गवाही दे सकती है कि मैं उस समय उसके पास मौजूद था।"

"मगर आपकी गिरफ्तारी तो हत्या के अगले दिन हुई थी। क्या आप लगातार दो रात और एक दिन उसके कोठे पर रहे?"

"हां, मैं वहीं रहा था।"

"सूरज की हत्या आपने जिस बन्दूक से की थी वह बन्दूक भी पुलिस के कब्जे में है और इसी बन्दूक की गोलियों के छर्रे मृतक के शरीर में से पाए गए। क्या आप इस बात से भी इनकार करते है?"

"बन्दूक मेरी है, इससे मैं इनकार नहीं कर सकता। लेकिन बन्दूक मेरे घर से बरामद हुई जबकि मैं उस समय घर पर नहीं था तो फिर मैं कैसे कह सकता हूं कि मेरी बन्दूक से किसी और ने हत्या नहीं की!"

इस पर सरकारी वकील ने तर्क दिया, "गोया आप यह कहना चाहते हैं कि किसीने किशनगढ़ से आपकी बन्दूक चुराकर धौलपुर में हत्या की और तुरन्त वह बन्दूक आपके घर में पहुंचा गया? यही ना?"

अचल सिंह ने खीझभरे स्वर में उत्तर दिया, "मैं यह सब नहीं कह सकता, लेकिन हो भी सकता है।"

"हां-हां, ज़रूर हो सकता है, क्यों नहीं हो सकता? और

अगर ऐसा हुआ होता तो बन्दूक के घोड़े पर उसकी उंगलियों के निशान होते न कि आपके।"

उसके बाद इस हत्याकाण्ड से संबंधित अन्य सारे लोगों के बयान भी लिए गए। विशेष रूप से अर्जुन और मिलाप के। अर्जुन ने अपना बयान देते हुए कहा, "अब मुझे लग रहा है कि सूरज को अपनी मौत कुछ दिन पहले से ही दिखाई देने लगी थी। क्योंकि जब उसने मुझे और मिलाप को अपने साथ रहने की बात कही तो उसके चेहरे की हवाइयां उड़ी हुई थीं और रंग पीला पड़ गया था। मैंने बहुत पूछा लेकिन उसने अपनी घबराहट का कोई कारण नहीं बतलाया। जिस समय हम लोग गांव के बाहर टहल रहे थे और अचल सिह घोड़ा दौड़ाकर सरपट भागा जा रहा था तब सूरज की आंखों में क्रोध के साथ-साथ मृत्यु का भय भी नजर आ रहा था। इसी भय के कारण वह पहली रात सो नहीं पाया था और दूसरी रात भी बहुत देर तक जगता रहा था। धांय-धांय की आवाज़ें सुनकर मेरी आंख खुल गई थी। मिलाप भी जग गया था। और उसके बाद जो हम लोगों ने देखा वह स्पष्ट ही है।"

सरकारी वकील ने पूछा, "स्पष्ट तो है, लेकिन फिर भी आप बतलाइए कि आपने क्या देखा?"

अर्जुन ने कहा, "सूरज की लाश बिस्तर पर पड़ी थी। खून बुरी तरह बह रहा था। सूरज की मां उसकी खाट के पास आंगन में बेहोश पड़ी थी।"

"क्या उस समय आपने अचल सिंह को भी देखा था?"

"नहीं।"

"अचल सिंह के भागने की आवाज़ सुनी थी?"

"नहीं।"

"तो फिर आप कैसे कह सकते हैं कि अचल सिंह ने ही खून किया था?" यह सवाल सरकारी वकील ने न करके बचाव पक्ष के वकील ने किया था।

मगर इसका जवाब सरकारी वकील ने दिया, "वह तो मुल्ज़िमा रामप्यारी इकबाल कर चुकी हैं। और मुकदमे के बाकी सारे

हालात जाहिर हो चुके हैं और सबूत मौजूद हैं। लिहाजा इस बात में शक करने की कोई गुंजाइश ही नहीं है कि खून अचल सिंह ने ही किया था। हालांकि इस मुकदमे का सीधा ताल्लुक तो सिर्फ सूरज की हत्या के साथ है। मगर किसी मुकदमे की कार्रवाई में पिछली दो ऐसी इत्याओं पर भी रोशनी डाल दी है जिनके कातिल का आज तक पता नहीं चल रहा था। इसलिए मैं अदालत से दरख्वास्त करूंगा कि तीन-तीन लोगों की हत्या करने वाले इस खौफनाक हत्यारे को फांसी की सजा दी जानी चाहिए। और इन तीनों हत्याओं के लिए सबसे अधिक ज़िम्मेदार है रामप्यारी, जिसने अपनी जवानी के नशे में अंधी होकर अपने प्रेमी की खातिर न सिर्फ ये तीन हत्याएं करवाईं, बल्कि पति-पत्नी और मां-बेटे जैसे रिश्तों का भी खून किया। इसलिए अगर फांसी से भी बढ़कर कोई सज़ा हमारे कानून में होती, तो मैं रामप्यारी के लिए उसी सज़ा की मांग करता। लेकिन अब, क्योंकि फांसी ही सबसे बड़ी सज़ा है इसलिए इसे भी फांसी दी जानी चाहिए।"

धौलपुर के अतिरिक्त सेशन जज ने अचल सिंह तथा रामप्यारी को सूरज चंद के कातिल ठहराते हुए अचल को मृत्युदण्ड तथा रामप्यारी को दस वर्ष के कठोर कारावास का दण्ड सुना दिया।

अचल सिंह ने अपनी सज़ा के खिलाफ हाईकोर्ट में अपील की, मगर वह अपील खारिज हो गई। फिर उसने सुप्रीम कोर्ट में अपील की, लेकिन वहां भी कुछ न बन सका और आखिर नवम्बर सन् 1955 को उसे फांसी दे दी गई।

रामप्यारी ने दस साल तक कारागार में अपने अपराध का कठोर दण्ड भोगा। प्रेम का नशा तो पुत्र की हत्या के बाद ही उतर चुका था, परन्तु जब रामप्यारी दस साल की जेल काटकर बाहर निकली तो उसकी जवानी का नशा भी ढल गया था। प्रेम के उन्माद में पति खोया, पुत्र खोया और अंततः प्रेमी भी खोया। शायद ऐसी ही किसी मनःस्थिति में उसे यह लगा होगा कि अब जिंदगी में बाकी ही क्या रह गया है। और उसी क्षण हत्यारी प्रेमिका आत्महत्यारी बन गई।

5. मनोवैज्ञानिक हत्या

गिरीश सक्सेना मैरीन ड्राइव के फुटपाथ पर चहलकदमी कर रहा था, कि सड़क पर सामने से आती हुई कार को देखकर उसके मन में अजीब-सी हलचल होने लगी। उसे लगा कि वह कार सड़क छोड़कर पटरी पर चढ़ आएगी और उसे कुचल देगी। वह समझ नहीं पा रहा था कि ऐसा सोचने का क्या कारण है। लेकिन फिर भी यह खयाल उसपर पूरी तरह हावी हो गया। उसने चाहा भी कि इस बात पर बिलकुल ध्यान न दे, लेकिन ऐसा न कर सका। वह दृश्य उसकी आंखों के सामने अंकित हो गया कि सचमुच कार पटरी पर चढ़ आई है और वह उसके नीचे दबा पड़ा है। अपने मस्तिष्क पर अंकित चित्र की एक विचित्र-सी खींच उसे धकेले जा रही थी कि अचानक उसके कानों में कार के ब्रेक लगने की तीखी आवाज़ सुनाई दी। उस आवाज़ से वह चौंक पड़ा। तभी उसने पाया कि वह सड़क के बीचोबीच कार के सामने खड़ा है। इस एहसास से ही वह कांप उठा। सोचने लगा कि ड्राइवर अगर एकदम ब्रेक न लगा लेता तो क्या होता!

तभी ड्राइवर की आवाज़ सुनाई दी, "क्यों साहब, खुदकुशी का इरादा है क्या? अचानक पटरी छोड़कर सड़क के बीचोबीच आ खड़े हुए! अजीब आदमी हैं आप!'

गिरीश सकपका गया। कोई भी जवाब देते नहीं बना। जबाब था ही क्या उसके पास! उसे बिलकुल ध्यान ही नहीं कि वह कब और क्यों पटरी छोड़कर सड़क के बीचोबीच आ गया था। उसकी समझ में बिलकुल नहीं आ रहा था कि इस तरह की दुर्घटना के नज़ारे उसे बार-बार क्यों दिखाई देते हैं और क्यों वह इस तरह पागलपन करने लगता है?

दुर्घटना की इन कल्पनाओं के कारण उसके ज़ेहन में हर समय मौत मंडराती रहती और वह बेतरह बेचैन रहने लगा था। अकसर रात को उसे सपने भी इसी प्रकार के आने लगे थे। सपनों में दुर्घटना के स्वरूप बदल जाया करते थे। परन्तु हर रूप की घटना

का अंत उसे अपनी मौत के रूप में दिखाई देता था।

गिरीश का छोटा भाई अनिल मनोविज्ञान में एम० ए० कर रहा था और उसीके पास रहता था। अनिल अकसर अपने बड़े भाई को परेशान देखता। एक दिन साहस करके वह पूछने लगा, "ऐसी क्या बात है, आजकल आप बहुत चिंतित दिखाई देते है?"

गिरीश ने पहले तो बात टालने की कोशिश की, मगर जब अनिल ने बहुत इसरार किया तो उसे बताना ही पड़ा। मनोविज्ञान के विद्यार्थी के नाते अनिल को अपने भाई की इस बीमारी के कारण चिंता के साथ-साथ जिज्ञासा भी हुई। उसने पूछा, "इन सपनों की एक-एक घटना क्या आपको सुबह तक याद रहती है?"

"हू-ब-हू याद रहती है। और सपने में सब कुछ बिलकुल साफ रहता है। यहां तक कि मैं लोगों के चिल्लाने, टक्कर लगने और गिरने तक की आवाज़ें साफ-साफ सुनता हूं।"

अनिल ने पूछा, "क्या आपको सपने में किसी खास व्यक्ति का चेहरा ही अकसर दिखाई देता है?"

"नहीं।"

"किसी खास जगह का?"

"नहीं।"

"किसी खास मोटर का एक रंग?"

"नहीं, ऐसा भी कुछ नहीं होता।"

"क्या दुर्घटना सिर्फ मोटर के साथ ही होती है?"

गिरीश ने कहा, "नहीं, अलग-अलग ढंग की होती हैं। कभी लगता है कि मैं मोटर तले दब गया हूं। कभी लगता है कि खुद मोटर चला रहा हूं और दुर्घटना हो गई है। कभी-कभी ऐसा भी दिखाई देता है कि कोई ऊंची इमारत ऊपर आ गिरी है और मैं उसके मलबे के नीचे दबकर मर गया हूं। एक रात मुझे सपना आया कि घर में आग लग गई है और मैं उसमें जल मरा हूं। एक बार देखा कि कोई मुझे छुरे से मार रहा है और एक के बाद एक कई घाव खाकर मैं मर गया हूं। और फिर जैसे ही मेरी मौत होती है,

मेरी आंख खुल जाती है।"

अनिल ने पूछा, "आंख खुलने पर कैसा लगता है?"

गिरीश बोला, "फिर मैं सो नहीं पाता। डर के मारे नींद आती ही नहीं।"

गिरीश की कहानी संक्षेप में इस प्रकार है कि दस साल पहले लखनऊ छोड़कर व्यापार के सिलसिले में बम्बई आ गया था। उन दिनों उसकी उम्र मुश्किल से तीस साल थी और उसका धंधा था सरकारी ठेके लेना। बम्बई में आने के बाद उसने इस धंधे से काफी पैसा कमा लिया था। कालबादेवी रोड पर उसकी दो बिल्डिंगें थीं। और मैरीन ड्राइव पर एक फ्लैट। उन दोनों बिल्डिगों का किराया ही दस हज़ार रुपया महीना आता था।

घर में वह और उसकी पत्नी तथा छोटा भाई अनिल ही रहते थे। परिवार के अन्य लोग अभी भी लखनऊ में ही रहते थे।

गिरीश की पत्नी का नाम सुमित्रा था। सुमित्रा के साथ शादी हुए तीन साल हो चुके थे। सुमित्रा बम्बई के एक मध्य वर्गीय परिवार की पढ़ी-लिखी गुजराती लड़की थी। एक विदेशी कंपनी में कंपनी-सेकेटरी के रूप में काम करती थी। गिरीश को अपने कारोबार के सिलसिले में इस कंपनी में अकसर आना-जाना पड़ता था। इसी तरह सुमित्रा उसके संपर्क में आई और यह संपर्क जल्दी ही विवाह में बदल गया था। शादी के समय सुमित्रा की उम्र सत्ताईस साल की थी। और गिरीश चालीस के करीब पहुंच चुका था। गिरीश आधुनिक विचारों का आदमी था। पढ़ा-लिखा भी था। उसे इस बात से कोई सैद्धांतिक आपत्ति तो नहीं थी कि पत्नी कहीं नौकरी करे मगर शादी के बाद, क्योंकि उसे नौकरी की कोई ज़रूरत महसूस नहीं हुई तो सुमित्रा को नौकरी छोड़ने के लिए राज़ी कर लिया था। मगर सुमित्रा को क्योंकि हर समय घर बैठने की आदत नही थी इसलिए उसने नौकरी के अलावा बाकी सारी गतिविधियां जारी रखी हुई थीं। जैसे, क्लब जाना या मित्रों से मिलना-जुलना। आए दिन वह अपने घर में भी पार्टियां देती रहती।

गिरीश को सुमित्रा की इन गतिविधियों पर कोई आपत्ति नहीं थी। ऐसी-वैसी किसी बात को लेकर पति-पत्नी में कभी कोई मनमुटाव भी नहीं हुआ था। गिरीश स्वयं स्वतंत्र स्वभाव का होने के कारण स्त्रियों की स्वतंत्रता का भी पक्षपाती था। पति-पत्नी एक-दूसरे की खोजबीन करें या एक-दूसरे पर शक करें, यह बात गिरीश की सोच के बाहर थी। उसने कभी सुमित्रा से यह नहीं पूछा था कि वह कब कहां जाती है, किस-किससे दोस्ती है। परस्पर प्रेम, सहयोग और विश्वास को ही वह गृहस्थी का आधार मानता था। और वह महसूस करता था कि इस दृष्टि से उसका वैवाहिक जीवन सुखद था। मगर पिछले कुछ महीनों से उसे ऐसा लग रहा था गोया सुमित्रा बेचैन रहने लगी है। एक दिन उसने सरसरी तौर पर पूछ भी लिया था। सुमित्रा टाल गई थी। उसके बाद गिरीश ने कभी पूछा भी नहीं था क्योंकि ज़्यादा खोजबीन करने की उसकी आदत नहीं थी। गिरीश ने अपने इन भयानक सपनों के बारे में सुमित्रा से भी कभी जिक्र नहीं किया था। लेकिन दो-तीन बार ऐसा हो चुका था कि जब वह डरावने सपने देखकर जगा तो उसने पाया कि सुमित्रा उसके सिरहाने बैठी हुई है और उसपर झुककर बड़ाबड़ा रही है—'कार एक्सीडेंट—मौत'! गिरीश ने पूछा तो सुमित्रा ने बताया कि वह नींद में यही शब्द बोल रहा था।

अपनी ओर से उसने सुमित्रा को कभी अपने सपनों के बारे में कुछ नहीं बताया था। शायद यही सोचकर कि वह बेकार में परेशान होगी।

सुमित्रा के पुराने दफ्तर का एक सहयोगी था जयन्त। जयन्त गिरीश का भी पुराना परिचित था और सुमित्रा के साथ बरसों काम करने के कारण सुमित्रा के घनिष्ठ मित्रों में से था। जयन्त का इनके यहां आना-जाना अकसर होता था। जयन्त की उम्र पैतीस के आस-पास थी। लम्बा कद, गठा शरीर, गोरा रंग और तीखे नक्श। बहुत ही खुले-खिले स्वभाव का आदमी था। हर समय हंसी-मजाक करने की उसकी आदत थी। कहानियां भी वह एक से एक रोचक और

रोमांचक सुनाया करता था। जयन्त की हर कहानी में किसी न किसी रोमांचकारी घटना का जिक्र अवश्य होता। और ऊपरी आंखों देखते यह बात जयन्त के चरित्र का एक विरोधाभास सी लगती कि ऐसा हंसोड़ और अलमस्त आदमी अकसर ऐसी ही कहानियां क्यों बनाता है, जिसमें दिल दहला देने वाली घटनाएं हों। और उसकी हर कहानी का अंत दुखांत ही क्यों होता है! जयन्त जैसे जीवन्त आदमी के मुंह से मौत की कहानियां सुन-सुनकर गिरीश को आश्चर्य भी होता और बेचैनी भी। लेकिन वह सौजन्यवश उसे मना न कर पाता। सुमित्रा को अकसर ये कहानियां पसंद आतीं। मगर गिरीश ने एक दिन मजबूर होकर जयन्त से कह ही दिया, "यार, तुम ऐसी कहानियां मत सुनाया करो।"

"क्यों?" जयन्त ने हैरान होकर पूछा।

गिरीश बोला, "पता नहीं क्यों, मुझे तुम्हारी कहानियां सुन-सुनकर डर लगने लगता है। उस समय गिरीश ने हंसकर अपना डर छुपाने की कोशिश की थी। और फिर जयन्त ने उसे इस प्रकार की कहानियां सुनानी बंद कर दी थीं। कभी-कभी ऐसा भी होता कि वह सुमित्रा को कोई कहानी सुना रहा होता और गिरीश ऊपर से आ जाता। गिरीश को आया देख, जयन्त कहानी सुनाना बंद कर मुसकराकर सुमित्रा से कह देता, "अच्छा भई, बाकी कहानी फिर। जब कोई और बातचीत करेंगे।"

इसपर गिरीश भी एक खिसियानी-सी हंसी हंस देता और कहानी की बात आई-गई हो जाती।

लेकिन गिरीश के छोटे भाई अनिल को जिस दिन से भाई को आने वाले डरावने सपनों की बात पता चली थी वह उसी दिन से जयन्त तथा अपनी भाभी की हरकतों पर कड़ी नज़र रखने लगा था। क्योंकि उसे संदेह हो गया था कि कहीं उसके भाई के साथ कोई मनोवैज्ञानिक चाल तो नहीं खेली जा रही। मनोविज्ञान का अध्येता होने के कारण उसने ऐसे कई केस पढ़ रखे थे जिनमें मृत्यु का हिप्नाटिक प्रभाव डालकर व्यक्ति को ऐसे स्वप्नों या दिवा-स्वप्नों की स्थिति में ले आया जाता है।

एक दिन अनिल ने बड़े झिझकते हुए कहा, "भाई साहब, एक बात कहनी है।" मगर इतना कहते ही वह कुछ ऐसी मुद्रा में हो आया गोया अब कहने का विचार त्यागने के लिए अपने-आपसे जूझ रहा हो।

छोटे भाई की झिझक देखकर गिरीश ने उसे उत्साहित करते हुए कहा, "बोलो ना, रुक क्यों गए? क्या कहना चाहते हो?"

"कुछ नहीं भाई साहब, ऐसे ही। कल रात मैं आपके कमरे के सामने से गुज़र रहा था तो आपके कमरे की खुली खिड़की में से मेरी निगाह आप पर जा पड़ी। आप उस समय सोए हुए थे, मगर भाभी आपके सिरहाने बैठी कुछ बड़बड़ा रही थीं। शब्द तो मुझे ठीक-ठीक सुनाई नहीं दिए और अंधेरा होने के कारण मैं उनकी मुद्रा भी ठीक से देख नहीं पाया। पता नहीं क्यों मुझे यह सब देखकर बड़ा अजीब लगा।"

इसपर गिरीश ने अनिल का कंधा थपथपाते हुए कहा, "अरे नहीं, कोई बात नहीं। मैं सपने में बड़बड़ा रहा हूंगा तो वह मेरे पास आकर बैठ गई होगी।"

इस प्रकार गिरीश ने अनिल को तो दिलासा दे दी, मगर स्वयं अपने मन को दिलास न सका। अनिल की इस बात ने उसके मन में एक अजीब-सा आतंक भर दिया था।

गिरीश की इस बात ने अनिल का संदेह दूर नहीं किया था, बल्कि उस दिन के बाद से अनिल ने अपनी चौकसी बढ़ा दी थी। वह बराबर इस चिंता में रहने लगा था कि किसी तरह इस रहस्य का कोई सबूत उसके हाथ लगे। बिना किसी प्रत्यक्ष प्रमाण के वह अपने भाई के मन में कोई संदेह जमाना नहीं चाहता था और बिनावजह अपनी भाभी पर भी शक करना उसे अच्छा नहीं लग रहा था। फिर भी वह चाहता था कि जब तक ऐसा कोई सूत्र पकड़ में न आए तब तक कोई ऐसी एहतिहात बरती जाए जिसमे उसके भाई का जीवन खतरे में न पड़ने पाए।

इसी एहतियात के खयाल से उसने एक दिन भाई को सुझाव दिया, "भाई साहब, मैं देख रहा हूं कि आपका स्वास्थ्य दिनोंदिन

गिरता जा रहा है। क्यों न आप कुछ दिन के लिए लखनऊ हो आएं। हवा बदलने से आपका स्वास्थ्य भी सुधरेगा और हो सकता है ये डरावने सपने भी आने बंद हो जाएं।"

गिरीश भी क्योंकि इस बीच काफी आतंकित रहने लगा था इसलिए उसे अनिल की सलाह पसंद आई। मगर इसके साथ ही अनिल ने जो दूसरी राय दी वह गिरीश को कुछ अच्छी नहीं लगी। अनिल ने यह कहा था कि उन्हें अकेले ही जाना चाहिए, भाभी को साथ लेकर नहीं। उसपर गिरीश ने थोडा झुंझलाकर कहा था, "तुम मनोविज्ञान पढ़ते-पढ़ते खुद ही तो मनोवैज्ञानिक केस नहीं बन गए? आखिर इस तरह की बेसिर-पैर की बातों की क्या तुक है? उस दिन भी तुमने सुमित्रा के बारे में ऐसी बात सोची और आज भी कह रहे हो कि उसे साथ लेकर नहीं आऊं! आखिर वह मेरी पत्नी है, कोई दुश्मन तो नहीं। वह क्यों मेरा अहित चाहेगी?" मगर यह कहते हुए गिरीश स्वयं नहीं समझ पा रहा था कि वह भाई को कोस रहा है या खुद झुंझला रहा है या फिर अपने-आपको समझाने की कोशिश कर रहा है।

इसपर अनिल ने बड़े ही संकोच के साथ कहा, "नहीं भाई साहब, ऐसी कोई बात नहीं, मुझे भाभी पर किसी प्रकार का शक नहीं है।"

"तो फिर उसे साथ ले जाने में क्या हर्ज है?"

"हर्ज कुछ नहीं, मैं तो इस खयाल से कह रहा था कि ऐसे मानसिक रोग में पूरा का पूरा माहौल ही बदल जाना चाहिए, तभी विशेष लाभ होता है। जिन लोगों के बीच आप रह रहे हैं, उन्हींके बीच वहां जाकर भी रहें तो वातावरण का पूरी तरह बदलाव नहीं हो सकता।"

गिरीश बोला, "मगर यह भी तो बहुत मुश्किल है कि मैं लखनऊ जाऊं और उसे कहूं कि वह साथ न चले। आखिर वह क्या सोचेगी?"

"तो फिर आप लखनऊ मत जाइए, काम के बहाने कहीं और चले जाइए। चाहें तो किसी पहाड़ पर घूम आइए। सरकारी ठेका

तो आपको किसी जगह का भी मिल सकता है। कह दीजिएगा कि ठेके के काम से जा रहा हूं।"

अनिल की यह बात गिरीश को जंच गई। मगर उसके सामने समस्या यह थी कि किस जगह जाने का प्रोग्राम बनाया जाए ताकि सुमित्रा का साथ जाना टाला जा सके। क्योंकि अगर चाहे ठेके के बहाने से ही किसी पहाड़ पर जाने का प्रोग्राम बनाता तो सुमित्रा कह सकती थी कि चलो, इस बहाने वह भी पहाड़ पर घूम आएगी। इसलिए उसने आसाम में किसी जंगल का ठेका मिलने की बात कह-कर गोहाटी जाने का प्रोग्राम तय किया तो सुमित्रा ने पूछा, "कितने दिन लग जाएंगे?"

गिरीश बोला, "कुछ कह नहीं सकता। यह तो वहां जाकर ही पता चलेगा कि वह जंगल कितने दिन में कट सकता है। बहरहाल, दो-एक महीने तो लगेंगे ही।"

सुमित्रा ने कहा, "इसका मतलब यह कि मुझे दो महीने अकेली रहना पड़ेगा?" सुमित्रा ने ये शब्द कहे तो बड़े चिंतित मुद्रा ओढ़कर थे, परन्तु उसके चेहरे पर जो चिंता उभरी थी वह पति से विछोह की कल्पना के कारण नहीं थी, बल्कि कुछ और थी। अनिल भी उस समय पास ही खड़ा था इसलिए उसने भाभी के चेहरे पर उभर आई चिंता का विश्लेषण करने की कोशिश की। उसके संदेह में एक और कड़ी जुड़ गई। मगर इसके साथ ही अनिल के मन में एक और भय भी उमड़ आया। वह सोचने लगा कि भाई का इस समय अकेले जाना भी शायद खतरे से खाली न हो। वह यह बात भी सुन चुका था कि किस तरह मैरीन ड्राइव पर कार दुर्घटना होती-होती बची थी। वह यह जानता था कि इस प्रकार के मानसिक रोगी अपने उपचेतन पर पड़े मृत्यु के आतंक के कारण किसी भी समय किसी भी प्रकार की दुर्घटना में ग्रस्त हो सकते हैं।

अनिल ने गिरीश से यह तो नहीं कहा कि वह उसके साथ आसाम जाना क्यों चाहता है, सिर्फ इतना कहा, "मैं चाहता हूं कि मैं भी आपके साथ चलं।"

इसपर गिरीश ने हैरान होकर पूछा, "मगर तुम्हीं तो कह रहे

थे कि ऐसे रोग में वातावरण का पूरी तरह बदलाव होना चाहिए।"

अनिल कुछ झेंप-सा गया। इस बीच वह पूरी तरह निश्चय कर चुका था कि जो हो, उसे भाई के साथ जाना ही चाहिए। इस-लिए उसे स्पष्ट कह देना पड़ा, "भाई साहब, आपका यह रोग ऐसा है कि किसी विश्वस्त आदमी का आपके साथ रहना बहुत ज़रूरी है।"

अनिल हालांकि यह भी नहीं चाहता था कि इस बीमारी के दुष्परिणामों का ज़िक्र करके अपने भाई को और अधिक आतंकित कर दे; परन्तु जब गिरीश उसे साथ ले जाने के लिए सहमत नहीं हुआ तो अनिल को मजबूर होकर यह समझाना पड़ा। फिर भी उसने अपनी मूल शंका का उल्लेख टालते हुए केवल इस रोग के बारे में बताया, "ऐसे रोगी का दिल अगर कमज़ोर हो तो इस प्रकार के डरावने सपने देखते-देखते ही किसी दिन किसी बड़े भयानक सपने के दौरान उसकी हृदयगति बंद हो सकती है। आपके साथ मुझे ऐसा कोई खतरा दिखाई नहीं पड़ रहा क्योंकि जहां तक मैं समझता हूं, आपका दिल काफी मज़बूत है। मगर आपके मामले में और तरह के खतरे हो सकते हैं। मिसाल के तौर पर एक तो यही, जैसा कि आपने उस दिन बताया था कि दिवास्वप्न की स्थिति में सड़क के बीचोबीच कार के सामने जा खड़े हुए थे; क्योंकि ऐसे में रोगी को अपनी मृत्यु का दृश्य जागृत अवस्था में दिखाई पड़ने लगता है और उसका उपचेतन मन चेतन पर हावी हो जाता है, इसलिए वह अपनी क्रियाओं पर अधिकार खो देता है। दूसरे शब्दों में यदि कहें तो यह कि चेतन मन का संतुलन कायम नहीं रहता, और ऐसे दिवास्वप्न की स्थिति में उसका मस्तिष्क अपने बचाव के लिए प्रयत्नशील न रहकर मृत्यु के आतंक से घिरा रहने के कारण मौत की तरफ लपकता है। ऐसी मनोदशा में वह छत से भी कूद सकता है, किसी खाई-खन्दक में भी छलांग लगा सकता है। कुछ भी हो सकता है। इसलिए मैं सोचता हूं कि मेरा आपके साथ जाना बहुत ज़रूरी है।"

यह सब समझाकर अनिल ने गिरीश को मना लिया और गोहाटी जाने की तैयारियां शुरू कर दीं।

मगर अनिल का मूल उद्देश्य केवल इतना ही नहीं था। उसने तो अपने मन में जो कुछ सोच रखा था उसे क्रियान्वित करने के लिए उसने अपने एक बहुत ही विश्वस्त मित्र की सहायता ली। उस मित्र का नाम था मनहर देसाई। मनहर उसके साथ ही यूनिवर्सिटी में मनोविज्ञान में रिसर्च कर रहा था। वह उसकी सहायता करने के लिए तैयार तो हो गया, मगर उसने एक शंका व्यक्त की, "मान लो, हमारा यह शक गलत निकला तो इस सारे नाटक का क्या प्रभाव पड़ेगा यह भी सोच लिया है?"

इसपर अनिल ने मनहर को विश्वास दिलाते हुए कहा था, "पहले मुझे भी ऐसा ही लगता था, क्योंकि तब तक मुझे सिर्फ संदेह था। मगर इस बीच मुझे विश्वास हो चुका है, क्योंकि मैं अपने कानों से ऐसी बातें सुन चुका हूं और अपनी आंखों से ऐसे-ऐसे दृश्य देख चुका हूं जिनमें अविश्वास का प्रश्न ही पैदा नहीं होता।"

"फिर तो इस नाटक की कामयाबी में कोई शक ही नहीं। मगर हां, एक बात और है, कहीं ऐसा तो नहीं कि उन लोगों ने मुझे पहले कहीं देखा हो और वे पहचान जाएं कि मैं अनिल का दोस्त हूं?" मनहर ने शंका प्रकट करते हुए कहा।

अनिल बोला, "अब्बल तो उन लोगों ने पहले तुम्हें देखा नहीं है, और मान लो कि देखा हो तब भी क्या फर्क पड़ता है? मेरा कोई दोस्त भी तो उन्हें ब्लैकमेल कर सकता है। बल्कि उस सूरत में तो और अधिक सुविधा रहेगी।"

"वो कैसे?" मनहर ने पूछा।

अनिल कहने लगा, "एकदम अजनबी होने की स्थिति में तो उन्हें फिर भी शक हो सकता है कि कहीं इस आदमी के पास वाकई कोई सबूत है या नहीं, जबकि परिचय के क्षेत्र का आदमी होने से उन्हें जल्दी विश्वास हो सकता है।"

इसपर मनहर फड़क उठा, "अरे हां यार, यह बात तो तुमने बिलकुल ठीक सुझाई; बल्कि मैं तो अब यहां तक सोचने लगा हूं कि क्यों न आज ही मुझे तुम उन लोगों से परिचित करा दो। यह भी कह सकते हो कि मेरा दोस्त है और पीछे से कोई दिक्कत

न होने पाए इसलिए यह गाहे-बगाहे आता-जाता रहेगा। ऐसी स्थिति में मुझे एक और सुविधा भी हो जाएगी कि मैं उन लोगों की अनुपस्थिति में भी किसी वक्त तुम्हारे घर जा सकता हूं।

अनिल को मनहर की यह बात जंच गई। वह तुरंत उसे अपने घर ले गया। भाभी तथा नौकर से उसका परिचय कराने के बाद कहा, "मनहर आता-जाता रहेगा। किसी चीज़ की ज़रूरत हो तो आप नि:संकोच होकर इससे कह सकती हैं।"

सुमित्रा को यह बात पसंद नहीं आई, मगर फिर भी उसने आभार प्रकट करते हुए सामान्य शिष्टाचार निभा दिया।

दो दिन बाद गिरीश और अनिल बम्बई से रवाना हो गए थे और अब उन्हें गए लगभग एक पखवाड़ा बीत चुका था।

इधर एक शाम मनहर ने पूर्वनियोजित नाटक करने का साहस बटोर लिया। सुमित्रा और जयन्त का शाम का प्रोग्राम मालूम करके उसने यह जान लिया था कि वे लोग आज क्लब जाने वाले हैं और रात को देर से लौटेंगे।

जयन्त रात के नौ बजे के करीब मैरीनड्राइव स्थित गिरीश के फ्लैट पर जा पहुंचा। उसके हाथ में एक बैग था। घर पर उस समय सिर्फ नौकर था। नौकर को चाय बनाने के लिए कहकर जयन्त ड्राइंगरूम के एक कोने में सोफे पर जा बैठा। सोफे की पुश्त पर पीछे की ओर उसने देखकर यह अंदाज़ लगाया कि वे लोग स्वाभाविक रूप से किस जगह आकर बैठ सकते हैं। फिर उसने सामने पड़ी दो सोफाचेयर्स में से एक चेयर को खिसकाकर बड़े सोफा के करीब कर लिया, और दूसरी सोफा चेयर पर खुद बैठकर अपना बैग खोलने लगा। बैग में से डिक्टाफोन निकालकर उसने बड़े सोफे के पीछे फिट कर दिया, और फिर उसके तार-वार यथास्थान जोड़-जाड़कर ट्राई भी कर लिया कि डिक्टाफोन ठीक से काम कर रहा है कि नहीं। इस प्रकार निश्चिन्त होकर वह फिर से सोफाचेयर पर जा बैठा और उन लोगों के आने का

इंतज़ार करने लगा।

ग्यारह बजे के करीब सुमित्रा और जयन्त लौटे तो ऐसे गैर वक्त में मनहर को ड्राइंगरूम में बैठा देखकर हैरान हो गए।

सुमित्रा ने पूछा, "खैरियत तो है?"

मनहर ने कहा, "हां, सब खैरियत है। बैठिए आप लोग, कुछ ज़रूरी बातें करनी हैं।"

सुमित्रा ने सोफे पर बैठते हुए पूछा, "क्या ऐसी ही ज़रूरी बात है जो अभी हो सकती है, सुबह नहीं?" उसके स्वर से क्रोध स्पष्ट था; क्योंकि एक तो जिस टोन में मनहर ने बात की थी वह टोन उसे अखर गई थी और दूसरे वे लोग इस समय उसकी मौजूदगी बर्दाश्त नहीं कर सकते थे। मनहर ने देखा कि जयन्त के चेहरे पर भी तनाव की लकीरें उभरी हुई थीं। फिर उसने उन लोगों की आंखों में नशे का चढ़ाव भी देख लिया। इसके साथ ही ड्राइंगरूम में व्हिस्की की गंध का आभास हो आया। जयन्त ने सिगरेट का एक भरपूर कश खींचकर जब धुंआ छोड़ा तो उसमें मिली व्हिस्की की गंध मनहर की नाक में घुस गई।

मनहर ने मुसकराकर कहा, "मुझे अफसोस है कि मैं ऐसे वक्त में आप लोगों को परेशान करने आ पहुंचा हूं; लेकिन मैं मजबूर हूं, क्योंकि मुझे पैसे की ज़रूरत है और पैसा सिर्फ आप लोगों से मिल सकता है। मगर मैं अपनी मांग रखने से पहले यह जानना चाहूंगा कि गिरीश बाबू की जायदाद कुल कितनी है?"

"क्या मतलब?" सुमित्रा ने डांटते हुए पूछा।

मनहर बोला, "मतलब यह कि उनकी सारी बिल्डिगें, दफ्तर, कारोबार, बैंक-बैलेंस वगैरह मिलाकर कुल मिल्कियत कितनी होगी? जहां तक मेरा अनुमान है, पचास-साठ लाख रुपये तो होगी ही।"

इसपर सुमित्रा भड़क उठी, "आखिर तुम कहना क्या चाहते हो? और इस तरह की बेतुकी बातों का मतलब क्या है?"

"मैं यह जानना चाहता हूं कि आप मेरा मुंह बंद रखने की कितनी कीमत अदा करना चाहती हैं? क्योंकि आपका भेद मुझे

मालूम हो गया है और उसके सबूत भी मेरे पास मौजूद हैं।"

सुमित्रा आपे से बाहर होकर लगभग चीख पड़ी, "ज़बान संभालकर बात करो। बदतमीज़! कैसा भेद? कैसे सबूत? यह सब क्या बकवास है?"

मनहर ने बड़े शांत स्वर में एक-एक शब्द पर ज़ोर देकर कहना शुरू किया, "देखिए, इस तरह तैश में आने की ज़रूरत नहीं है। यह तो सीधे-सादे सौदे की बात है, और सौदे हमेशा ठंडे दिल से ही करने चाहिए वर्ना नुकसान हो सकता है। आप जिस ढंग से पचास-साठ लाख रुपये का वारा-न्यारा करने जा रही हैं, उस ढंग के मुकाबले तो मेरा ढंग बुरा नहीं है। ब्लैकमेलिंग अपराध हत्या के अपराध से तो बड़ा नहीं है!"

"किसकी हत्या? किसने की? और तुम मुझे किसलिए ब्लैकमेल करना चाहते हो?" सुमित्रा के स्वर में अब क्रोध के स्थान पर कुछ भय आ गया था।

मनहर बोला, "गिरीश सक्सेना की हत्या। जो कि आप मनोवैज्ञानिक ढंग से कर रही हैं। बल्कि आप दोनों मिलकर कर रहे हैं।"

"क्या सबूत है तुम्हारे पास?" सुमित्रा ने पूछा।

मनहर ने अपने कोट की जेब में से टेप का एक स्पूल निकालकर दिखाते हुए कहा, "यह है सबूत। इसमें आप दोनों की आवाज़ें बंद हैं। और एक बार की ही नहीं, कई बार की और कई जगहों की, जहां-जहां आप दोनों ने इस षड्यंत्र के बारे में बातचीत की है। मैं महीनों से साये की तरह आपके पीछे लगा हुआ हूं।"

सुमित्रा को भले ही पूरी तरह से विश्वास नहीं हो पाया, लेकिन वह इस बात से आतंकित ज़रूर हो गई थी। जयन्त भी घबरा गया था और उस घबराहट में उसने लपककर मनहर के हाथ से टेप छीनने की कोशिश की। मगर मनहर ने टेप जेब में डालते हुए कहा, "देखिए मिस्टर जयन्त, इतनी कच्ची गोलियां मैं भी नहीं खेला हूं। अव्वल तो आप यह टेप मुझसे छीन नहीं सकते, और अगर किसी तरह से छीनने में कामयाब हो भी जाते हैं, तब

भी आपको कोई फायदा नहीं होगा। मैंने इसका इंतज़ाम पहले से ही कर लिया था। इसी टेप की एक और कॉपी भी है।" हालांकि मनहर के पास जो टेप था, वह एकदम कोरा था और यह सिर्फ बकबाने का नाटक था।

सुमित्रा ने बड़ी मजबूर आवाज़ में कहना शुरू किया, "ठीक है, तो बताओ क्या लेना चाहते हो?"

"यह हुई ना धंधे की बात! बोलिए, आधे-आधे पर सौदा मंज़ूर है?"

"नहीं, यह तो बहुत ज़्यादा है।"

"सोच लीजिए।"

"मैं तो एक-चौथाई दे सकती हूं, और सो भी अभी नहीं।"

"अभी मांगता कौन है? सिर्फ एक कागज़ पर लिखकर दे दीजिए कि गिरीश सक्सेना की मृत्यु के बाद इतने रुपये मुझे मिल जाएंगे।"

"ठीक है, मैं लिखे देती हूं।"

सुमित्रा के इतना कहते ही मनहर ने अपनी जेब से स्टाम्पपेपर निकाला और साथ ही कलम भी। कागज़-कलम सुमित्रा की ओर बढ़ाते हुए कहने लगा, "मुझे विश्वास था कि आपके साथ सौदा पट जाएगा इसीलिए तो मैं सारा इंतज़ाम करके लाया हूं।"

कागज़ लिखवाकर जेब में डालने के बाद मनहर ने मुसकराते हुए कहा, "कुछ खिलाएगा-पिलाइएगा नहीं?"

सुमित्रा उठती हुई बोली, "आइए, अभी हम लोगों ने खाना खाना है, आप भी आइए।"

सुमित्रा और जयन्त उठकर डाइनिंगरूम की तरफ चले गए। जयन्त भी उठ तो साथ ही पड़ा था, लेकिन जान-बूझकर दो-चार कदम पीछे रह गया था और जैसे ही वे लोग पर्दा उठाकर डाइनिंग रूम में चले गए, जयन्त ने लपककर सोफे के पीछे लगा डिक्टाफोन समेटकर अपने बैग में रख लिया।

अगले ही दिन उसने अनिल को ट्रंककाल कर दिया। तत्काल

बम्बई आने के लिए कह दिया। भूल उससे सिर्फ इतनी हुई कि उसने फोन पर ये सारी बातें करना मुनासिब नहीं समझा, और न ही यह कहा कि वह भाई साहब को साथ लेकर आए। वर्ना अनिल को अगर यह सारी बात मालूम हो जाती तो वह भाई को ऐसी हालत में अकेला छोड़कर न आता।

अनिल बम्बई पहुंचा तो उसके अगले दिन उसे होटल के मैनेजर का तार मिला जिसमें उसके भाई की मृत्यु की सूचना थी। मृत्यु मोटर-दुर्घटना से हुई थी।

अनिल ने अपने भाई की मृत्यु की रिपोर्ट पुलिस में दर्ज कराते हुए यह लिखवाया कि उसके भाई की मृत्यु स्वाभाविक रूप से इत्तफाकन नहीं हुई है, बल्कि उसकी हत्या कराई गई है और हत्या के पीछे उसकी भाभी सुमित्रा तथा उसके प्रेमी जयन्त का हाथ है। अपना डिक्टाफोन तथा भाभी का लिखा कागज़ उसने पुलिस में जमा करा दिया था। इन प्रमाणों के आधार पर पुलिस ने सुमित्रा को गिरफ्तार कर लिया और जयन्त की खोज करने लगी। खोजबीन के दौरान ही यह भी पता चला कि जिस दिन गिरीश की मृत्यु हुई थी, उस दिन जयन्त गोहाटी में मौजूद था। और जिस मोटर से एक्सीडेंट हुआ था, उस मोटर के चालक को जब बकवाया गया तो उसे स्वीकार करना पड़ा कि इस काम के लिए उसको जयन्त ने पांच हज़ार रुपये दिए थे। अदालत में जयन्त के इकबा लिया बयान से बाद में यह भी पता चला कि जिस रात मनहर ने सुमित्रा से कागज़ लिखवाया था, उसी रात वह हवाई जहाज़ द्वारा बम्बई से रवाना हो गया था।

अदालत ने दोनों को दस-दस साल की कठिन कारावास का दण्ड सुना दिया।

6. नैनपुर की बाला

नैनपुर की बाला की चर्चा आसपास के गांवों तक भी होने लगी थी। नैनपुर में तो बाला के कारण कई बार छैलों के बीच

चक्कू खुल चुके थे।

बाला की उम्र अभी मुश्किल से सोलह साल ही हुई थी, मगर उसके गोरे चमकते रंग, मलाई-सी मुलायम जिल्द, फूट पड़ रहे मांसल उभारों तथा उसके कजरारे खंजन नयनों की चपल चितवनों ने नैनपुर भर को बींध रखा था।

चार साल पहले बाला का ब्याह हुआ था, करौंजी गांव के अहीर सावनराम के पुत्र बलदेवा के साथ। मगर बलदेवा गौने से पहले ही गांव छोड़कर जौनपुर शहर भाग गया था और फिर उसका कोई ठौर-ठिकाना किसीको पता नहीं चलने पाया था। सुनने में यह भी आया था कि बलदेवा जौनपुर के स्मगलरों के एक दल के साथ बंबई चला गया था और वहां के लोग सोने की तस्करी करके माला-माल हो गए थे।

जो हो, बलदेवा ने न तो बाला की मूरत देखी थी, न उसकी कभी याद आई थी। मगर बाला अभी तक करौंजी गांव की बहू के रूप में अपने मायके नैनपुर में रह रही थी। उसका पिता बनवारी अहीर बहुत गरीब आदमी था। जैसे-कैसे अपने परिवार का पेट पाल रहा था। एक छोटा-सा खेत बटाई पर लिया हुआ था, जिससे सालभर बाद मुश्किल से खानेभर के अनाज की बचत ही हो पाती थी। एक भैंस पाली हुई थी, जिसका सारा दूध बेचकर भी बाकी का खर्च पूरा नहीं पड़ता था। पत्नी और पांच बच्चों का पेट भरने और तन ढांपने के ही लाले पड़े रहते।

बाला के दो छोटे भाई थे और दो छोटी बहनें थीं। खेत में पिता के साथ पूरा परिवार लगा रहता, फिर भी लाला से जो बीज-खाद के लिए पारसाल कर्ज़ लिया था उसका सूद भी चुकाया नहीं जा रहा था। मकान कच्चा था। खपरैल की छत जो अकसर बरसात में टपकने लगती।

लाला के दोनों जवान लड़कों की नज़र भी बाला पर थी। एक बार तो दोनों भाई ही इसे लेकर आपस में सिर-फुटव्वल कर चुके थे। मगर बाद में दोनों ने मिलकर उसे काबू करना चाहा। उस समय बाला खेत से लौटकर घर आ रही थी। रास्ते में बरगद के

नीचे दोनों ने उसे दबोच लिया।

तभी उधर से गुज़रा कुलदीपा। नैनपुर के कुलदीपा की गुंडई की धाक न सिर्फ आसपास के गांवों में, बल्कि जौनपुर शहर तक में थी। पुलिस का वह मुखबिर था और अकसर किसी न किसी मुक-दमे के सिलसिले में उसे शहर जाना पड़ता था। कुलदीपा पहल-वानी भी किया करता था। चौड़ा-चकला चमचम करता जिस्म और तावदार मूंछे। गांव में किसी की क्या मजाल जो कुलदीपा के मुंह लग सके। गांव वाले तो क्या, गांव की पुलिस-चौकी के दीवानजी तक उससे खम खाते थे। मगर कुलदीपा के बारे में एक बात विशेषरूप से मशहूर थी कि वह चाहे जितना बड़ा गुंडा हो और इधर-उधर चाहे जितनी बदमाशियां करता फिरता हो, मगर अपने गांव की बहू-बेटियों की तरफ कभी आंख उठा कर भी नहीं देखता।

लाला के दोनों लड़कों ने जब बाला की एक-एक बांह थाम ली तो बाला ने झटककर अपनी बाहें छुड़ा लीं और उलटे हाथ का एक-एक तमांचा दोनों को जड़ दिया। तमांचे खाकर दोनों छेले उस-पर टूट पड़े। उसे कौली भरकर नीचे गिरा दिया।

बाला ने लौटनी लेकर एक लड़के को तो नीचे पटक दिया, मगर दूसरे ने उसे फिर चित कर दिया तो फिर दोनों जने उसकी छाती पर चढ़ बैठे। एक ने उसके दोनों हाथ दबोच लिए और एक ने टांगें। बाला ने जोर-ज़ोर से चिल्लाना शुरू कर दिया।

नारी-कंठ की चिल्लाहट सुनकर थोड़े फासले से जाते हुए कुलदीपा का ध्यान इधर खिंच गया और वह भागकर आ पहुंचा। और फिर आते ही उसने लाला के दोनों छेलों की वह मरम्मत की कि उन्हें छठी का दूध याद आ गया। मार-मारकर जब उन दोनों के भूत बना दिए गए तो वे भूतों की तरह ही सर पर पांव रखकर गांव की ओर भाग गए।

उस समय सांझ का झुटपुटा घिरने लगा था। बाली उठकर अपने कपड़ों पर से मिट्टी झाड़ती हुई लाला के पूरे खानदान को मोटी-मोटी गालियां बड़बड़ाने लगी थी। कुलदीपा ने बाला को

पहचान लिया था और बाला ने कुलदीपा को। बाला के मन में जो कुलदीपा का आतंक था वह इस समय आभार में भीगकर धुल चुका था और कुलदीपा के मस्तिष्क में जो बाला के रूप-यौवन की चतुर्दिक चर्चा का प्रभाव था, वह इस तरह की परिस्थितियों में बाला की निकटता और एकांत पाकर उसका ईमान डगमगाने पर तुल गया था।

सहानुभूति प्रकट करने के बहाने उसने बाला के कंधे पर दुलार की फुरेरी देते हुए पूछा, "कोई चोट-वोट तो नहीं आई?" और यह कहता हुआ वह बाला के बिलकुल निकट आ गया था तथा उसकी आंखों में झांकने लगा।

बाला कुलदीपा की जवानी और सुंदरता पर पहले से ही फरे-फता थी, मगर उसकी गंडई के आतंक के कारण कभी उसके सामने पड़ने का साहस न कर सकी थी।

आज कुलदीपा का जो रूप बाला देख रही थी उससे वह अपने मन में एक अजब-सी हलचल महसूस करने लगी थी। कुलदीपा के प्रश्न के उत्तर में बोली, "नहीं। आज तुम न आ जाते तो वे कमीने मेरी इज़्ज़त ही लूट लेते।"

"और मैं इन हरामज़ादों की टांगें न चीर डालता! फिर चाहे मुझे फांसी ही क्यों न हो जाती!" कुलदीपा ने जिस दृढ़ निश्चयभरी आवाज़ में कहकर जिस प्यारभरे अधिकार के साथ बाला का सर अपने सीने पर टिका लिया था उससे बाला को लगा, गोया जिस सीने का सहारा पाने की चाह उसे थी, वह मिल गया हो।

"मगर तुम मेरी खातिर यह सब क्यों करते? क्या सचमुच तुम मुझे इत्ता चाहते हो?" बाला ने धीमे स्वर में पूछा।

कुलदीपा बोला, "अब तुझे क्या बताऊं बाला, कि कित्ता चाहता हूं।" लंबी सांस भरकर छोड़ते हुए कुलदीपा ने बाला को अपनी दोनों बाहों में भरकर चूम लिया।

बाला ने पूछा, "तो फिर आज तक कहा क्यों नहीं?"

"प्यार में बड़ा इंतज़ार करना पड़ता है ना! इसीसे इंतज़ार

करता रहा। और फिर मैं तुम्हारी मर्जी जाने बिना प्यार जताता भी कैसे! तुम तो जानती ही हो, मैंने कभी किसी लड़की की तरफ बुरी नज़र से नहीं देखा।"

बाला बोली, "पर प्यार की नज़र बुरी नज़र कैसे हुई भला?"

"पर जो मैं तुम पर प्यार की नज़र डाल देता और तुम बुरा मान जातीं तो?'

"कैसे मान जाती बुरा! तुम देख के तो देखते।"

"चलो, अब जो देख लिया नज़र भर के प्यार से।"

"तो क्या मैंने बुरा माना?"

"नहीं। तुम सच कहती हो। तुम जीतीं, मैं हारा। तुम्हारा प्यार ज़्यादा गहरा निकला।" कुलदीपा ने बाला को पूरी तरह समेटते हुए कह दिया।

और फिर वह उसे पेड़ की ओट में ले गया। उस ओर ऊंचे-ऊंचे झाड़ उगे हुए थे। इस बीच अंधेरा भी काफी घिर आया था। दूर से उन्हें कोई देख नहीं सकता था।

बाला की बलिष्ट देह को उठाकर यहां तक लाने में कुलदीपा जैसे गबरू जवान की बाहों को भी पता चल गया था। उसने बाला के कूल्हे पर मज़ाक में एक धप्पा मारते हुए पूछा, "जोर किया करती हो क्या? देह है कि पत्थर!"

बाला बोली, "ऐसी न होती तो कोई भी दबोच लेता मुझे। ये तो सूअर के तुखम दो थे, अकेले-अकेले की तो मैं हड्डी-पसली एक कर डालती।"

कुलदीपा ने हंसकर कहा, "आओ तो ज़रा मुझसे हो जाएं दो-दो हाथ।"

"तुमसे! न बाबा न! तुम तो मेरा कचूमर ही निकाल डालोगे।" और फिर वह कुलदीपा की छाती पर अपनी दोनों हथेलियां फिराती हुई बड़े ही प्रेमपगे स्वर में कहने लगी, "जभी तो तुम पे मरती हूं, मेरे राजा!"

और फिर उस शाम से बाला पूरी तरह से कुलदीपा की हो गई थी। कुलदीपा भी उसके रूप का पूरी तरह रसपान करने लगा

था। मगर गांव वालों पर वह बराबर अपना वही प्रभाव बनाए रखना चाहता था कि गांव की बहू-बेटियां उसकी बहनें हैं। इसलिए वह सबके सामने यही कहने लगा कि बाला उसकी मुंहबोली बहन हो गई है। इसी आड़ में वह निधड़क होकर उसके घर भी जाने लगा था।

बनवारी अहीर की बेटी के कुलदीपा की मुंहबोली बहन बन जाने की खबर पाकर गांव के छैलों के मन में आतंक बैठने लगा था। अब किसीकी हिम्मत नहीं पड़ती थी कि राह चलती बाला से छेड़छाड़ कर सकें। लाला के लड़कों ने सूद का तकाज़ा करना भी छोड़ दिया था।

कुलदीपा ने किसी न किसी बहाने आए दिन थोड़ी-बहुत आर्थिक सहायता भी बनवारी को देनी शुरू कर दी थी। बाला के लिए वह तरह-तरह के कपड़े और गहने भी लाने लगा था। बाला की मां को कुलदीपा और बाला के सम्बन्धों का पता चल चुका था, मगर उसे अपना मुंह बन्द रखने में ही अपनी बेटी तथा अपने परिवार की भलाई नज़र आने लगी थी। इसलिए उसने चुपचाप स्थिति को स्वीकार लिया था। कुछ-कुछ यही स्थिति पिता की भी थी। मगर इसे लेकर उसने अपनी पत्नी से कभी चर्चा नहीं चलाई थी, न कभी पत्नी ने ही उससे कोई ज़िक्र किया था। खुसपुस तो गांव में भी होने लगी थी, मगर खुलकर बात करने की किसीकी हिम्मत नहीं पड़ती थी। कुलदीपा की जिस्मानी ताकत, उसकी गुंडई का आतंक और पुलिस के साथ उसके ताल्लुकात को देखते हुए सारा गांव उससे थर-थर कांपता था। इस कारण अब बाला और उसके परिवार वालों का भी रोब जम चुका था। हर कोई अब इनसे इज्ज़त के साथ पेश आने लगा था।

कुलदीपा ने अब अपनी भैस भी बनवारी के यहां ही ला बांधी थी। अखाड़े में जोर करने के बाद वह यहीं आकर दूध पीता और फिर अहीरों के कुएं पर नहा-धोकर बनवारी के दालान में ही खाट डालकर आराम करता।

थाने या शहर से लौटकर वह बाला से मिलने के लिए एक चक्कर

इधर को ज़रूर लगा लेता। मौका मिलता, यानी घर पर उस समय बाला अकेली मिल जाती तो प्यार की पतंग का एक आध पेचा भी लड़ा जाता।

ऐसे ही एक अवसर पर बाला ने चिंता व्यक्त करते हुए कुलदीपा से कहा, "मुझे लगता है मैं···" कहती-कहती रुककर अपनी साड़ी के पल्लू को चबाने लगी।

"कहो न!" कुलदीपा ने प्यार से भींचते हुए कहा।

बाला कहने लगी, "मेरे पैर भारी हो गए हैं।"

"अरे!" कुलदीपा चौंक गया।

"अब क्या करूं? मेरी तो समझ में कुछ नहीं आ रहा।" बाला ने परेशान होते हुए कहा।

"घबराओ नहीं, मैं आज ही कुछ न कुछ करता हूं।"

"क्या करोगे?"

"शहर जाकर किसी दवाई वगैरा का पता करता हूं।"

और फिर उसी दिन कुलदीपा ने शहर से एक दवा लाकर चुपके से बाला को देते हुए समझा दिया, "इसे गरम पानी के साथ खा लेना रात को सोते वक्त।"

"फिर?"

"फिर क्या। सुबह तक सब साफ हो जाएगा। मैं कल सुबह ही शहर चला जाऊंगा। शायद कुछ दिन वहीं रहना पड़े। बड़ा ज़रूरी काम है।"

मगर सुबह तक तो क्या, अगले एक सप्ताह तक भी कुछ न हुआ। और उस एक सप्ताह के दौरान कुलदीपा से मुलाकात भी नहीं हो पाई थी।

जिस दिन कुलदीपा शहर से लौटा, उसी दिन बाला ने मौका निकालकर उसे स्थिति की गंभीरता बता दी। कुलदीपा भी चिंतित हो आया।

कुलदीपा को भी चिंतित देखकर बाला और अधिक परेशान हो गई। उसे और कोई रास्ता नहीं सूझा तो कहने लगी, "तुम मुझसे ब्याह क्यों नहीं कर लेते?"

बाला की यह बात सुनकर कुलदीपा को लगा जैसे उसके सिर पर किसीने मूगरी मार दी हो। झल्लाकर कह उठा, "तुम्हारा दिमाग तो नहीं चल गया?"

"क्यों?" बाला ने कुछ इस ढंग से पूछा जैसे उसकी समझ में नहीं आ रहा था कि इसमें इतना झल्लाने की क्या बात थी।

कुलदीपा पहले तो कुछ देर तक जबड़े भींच-भींचकर अपने-आपसे ही भिड़ता रहा, फिर कड़वा-सा मुंह बनाकर कहने लगा, "ज़रा सोचो तो सही, यह ब्याह हो कैसे सकता है? किसी तरह भी तो मुमकिन नहीं।"

"आखिर क्यों नहीं, मुझे यह तो बता दो?" बाला ने कुढ़कर पूछा।

कुलदीपा बोला, "पहली बात तो यह कि तुम शादीशुदा हो···"

बाला बीच में ही चिल्ला पड़ी, "उसे तुम शादी कहते हो?"

कुलदीपा चुप रहा।

बाला बड़बड़ाती हुई कहने लगी, "मैंने तो आज तक नहीं सोचा कि मेरी वह शादी कभी हुई भी थी।" और फिर थोड़ा रुककर स्वप्निल से स्वर में कहने लगी, "मेरा ब्याह तो उस शाम बरगद के पेड़ तले हुआ था, तुम्हारे साथ। जब ज़िंदगी में पहली बार किसी मरद को मैंने अपना तन छूने दिया था।"

"वह सब ठीक है, बाला, मगर ब्याह की बात ओर होती है। यह तुम क्यों नहीं समझतीं! मैं ठाकुर, तुम अहीर। ठाकुरों-अहीरों में ब्याह की बात गांव वाले मान लेंगे क्या?" कुलदीपा ने कहा।

इसपर बाला पूछने लगी, "ठाकुर के लड़के से अहीर की बेटी को बिन ब्याह के गर्भ रह गया, सुनकर गांव वाले क्या कहेंगे?"

कुलदीपा के पास कोई उत्तर न था।

बाला ने ही फिर पूछा, "ठाकुर के लड़के ने अहीर की लड़की के साथ जब प्रेम की पीगें बढ़ाई थीं तो क्या गांव वालों की इजाज़त ले ली थी?" उसकी आवाज़ में तल्खी आ गई थी।

बाला की व्यंग भरी नज़र उस समय कुलदीपा को जहरबुझे

तीर-सी बींध गई तो वह तिलमिलाकर कह उठा, "ठीक है, तो चलो, फिर मैं तुमसे ब्याह कर लेता हूं, लेकिन यहां नहीं।"

"यहां नहीं तो फिर कहां?"

"कहीं भी भाग चलें हम।" कुलदीपा ने कहा।

"भाग चलें!!!" बाला की आंखें आश्चर्य में फैल गईं। निचला ओंठ लटक गया।

कुलदीपा बोला, "हां, भाग चलें किसी शहर में चलकर हम लोग ब्याह कर लेंगे और फिर वहीं रहने लगेंगे।"

बाला ने पूछा, "मगर कहां चलेंगे? और वहां करेंगे क्या? गुज़ारा कैसे होगा?"

"मैं कहीं भी कोई नौकरी-वौकरी कर लूंगा। या फिर कोई भी और धंधा कर लेंगे। कोई न कोई रास्ता तो निकल ही आएगा।"

"मगर तब तक क्या करेंगे?"

"मैं कल ही अपना मकान, जमीन, भैंस, सब बेच डालता हूं। तुम बिलकुल फिकर मत करो। सब ठीक हो जाएगा। बस तुम अपना मन मज़बूत कर लो और भागने के लिए तैयार रहो। यहां से निकलने के लिए ऐसा कर लो कि अपनी कुछ अच्छी-अच्छी सहेलियों को तैयार कर लो, शहर में नुमाइश देखने जाने के लिए। तुम लोग नुमाइश देखने आ जाना। मैं वहीं पर तुम्हें मिल जाऊंगा। नुमाइश के बड़े दरवाज़े पर। तुम सहेलियों से बिछुड़कर अकेली मेरे पास आ जाना। ठीक है?"

बाला को यह तरकीब कुछ-कुछ जंच तो रही थी, मगर पता नहीं क्यों उसका कलेजा धड़कने लगा था। फिर भी उसने हामी भर दी।

"अच्छा तो फिर परसों का तय रहा?"

"मगर इतनी जल्दी तुम मकान-ज़मीन बेच-बाच लोगे?"

"अरे वाह! यह सारा काम तो में आज ही कल में निपटा डालूंगा।"

इस तरह दिन-समय निश्चित हो गया। बाला ने अपनी चार अन्य सहेलियों को भी शहर की नुमाइश देखने के लिए राज़ी कर

लिया। शहर में हर साल यह नुमाइश लगा करती थी और आस-पास के गांवों के लोगों के लिए भी यह एक अच्छा-खासा शगल बन जाया करता था। खेतों में तो इन दिनों कोई विशेष काम रहता नहीं था इसलिए कई छोटे किसान अपने हल वाले बैलों को जोत कर किराये पर बैल-ठेले चलाने का धंधा करने लगते थे। गांव के लोगों को नुमाइश में ले जाते और फिर वापस ले आते। बैल-ठेले वाले क्योंकि अपने ही गांव के किसान होते इसलिए लोगबाग बेखतर होकर अपनी बहूओं-बेटियों को भी उन बैल-ठेलों में भेज दिया करते। बाला और उसकी सहेलियों ने भी एक बैल-ठेला तय कर लिया। और वे लोग दोपहर बाद नुमाइश में जा पहुंचीं।

बाला ने बड़े दरवाज़े के बाहर और भीतर बड़े ध्यान से एक-एक आदमी को देखा, मगर कुलदीपा कहीं दिखाई न दिया। वह चिंतित हो गई। मगर जैसे-कैसे कुछ देर तक सहेलियों के साथ नुमाइश में घूमती रही।

करीब आध घंटे बाद वह सहेलियों से बिछड़कर फिर दरवाज़े के पास जा निकली और कुलदीपा को तलाशने लगी।

तभी उसे कुलदीपा दिखाई पड़ गया। उस समय वह दो शहरी बाबुओं से बातचीत कर रहा था। वह कुछ फासले पर खड़ी होकर उसके अकेले होने का इंतज़ार करने लगी।

थोड़ी देर बाद उनमें से एक ने कुलदीपा को एक लिफाफा दिया, जिसे कुलदीपा ने झट से जेब में डाल लिया। फिर वह बाबू नुमाइश के अंदर चला गया। मगर दूसरा अभी तक कुलदीपा के पास ही खड़ा हुआ था।

बाला थोड़ा और आगे बढ़ी तो कुलदीपा ने उसे देखकर करीब आने का संकेत किया। वह उसके पास चली गई तो उसने सड़क पार खड़ी एक बादामी रंग की कार की तरफ इशारा करके बाला से कहा, "तुम जल्दी से जाकर उस मोटर में बैठ जाओ। यह मेरे दोस्त हैं। तुम्हें ले जाएंगे। मैं दूसरी मोटर में आऊंगा और रात को तुम्हारे पास पहुंच जाऊंगा। समझी! बस, अब फटाफट जाकर बैठ जाओ, देर न करो।"

बाला की समझ में कुछ नहीं आया कि वह यह सब क्या गोरख-धंधा है। वह तत्काल पूछना भी चाहती थी, मगर कुलदीपा उसे कुछ भी पूछने या सोचने-समझने का मौका ही नहीं देना चाहता था।

फिर भी बाला ने इतना तो पूछ ही लिया, "मगर कहां मिलोगे? किस शहर में?"

कुलदीपा ने उतावली मचाते हुए कहा, "अरे बाबा, सब बता दूंगा, अभी तुम जाओ तो सही।"

संदेह हो चुकने के बावजूद बाला कुलदीपा के इसरार को नकारने का साहस न कर सकी और यंत्रचालित-सी जाकर कार में बैठ गई।

उसके पीछे-पीछे ही वह शहरी बाबू भी कार में आकर अगली सीट पर बैठ गया, जो कुलदीपा के साथ खड़ा बातें कर रहा था। उसने आते ही कार स्टार्ट कर दी। काफी दूर जाकर कार रुकी और एक अन्य आदमी अगली सीट पर आ बैठा। कार फिर चल दी।

बाला के दिल में धुकधुकी हो रही थी। वह हिम्मत करके पूछ बैठी, "आप लोग कहां जा रहे हैं?"

"तुम चिंता मत करो, कुलदीपा हमारा दोस्त है और दोस्त का साथ देकर हम अपना फर्ज़ निभा रहे हैं। तुम्हें किसी तरह की कोई तकलीफ नहीं होने देंगे।" एक ने उत्तर दिया।

"मगर वह कब आएगा?"

"वह भी आ जाएगा। घबराओ नहीं।" कहकर शहरी बाबू ने अपने पास पड़ा मिठाई का एक छोटा-सा डिब्बा उठाकर पीछे बाला की ओर बढ़ाते हुए कहा, "लो, थोड़ी-सी मिठाई खा लो, भूख लगी होगी।"

बाला मना न कर सकी। डिब्बे में से बर्फी का एक टुकड़ा लेकर खाने लगी। बड़ा स्वाद लगा तो एक और खा लिया।

मगर बर्फी खाने के थोड़ी देर बाद ही उसकी आंखें मुंदने लगीं और वह फिर देखते ही देखते सीट पर पसरकर सो गई।

जब उसकी आंख खुली तो उसने अपने-आपको एक बड़े-से कमरे

में पलंग पर लेटी हुई पाया। उसके साथ ही कोई एक हट्टा-कट्टा पठान किस्म का जाबिर आदमी भी लेटा हुआ सिगरेट पी रहा था। तत्काल उसने देखा कि उसके तन पर तो कोई भी कपड़ा नहीं। अपनी यह स्थिति देखकर वह कांप गई।

सहमी-सहमी उठती हुई पूछने लगी, "कुलदीपा कहां है?"

"कौन कुलदीपा?" उस जाबिर आदमी ने उसे कंधा पकड़कर फिर से लिटाते हुए मुसकराकर कहा, "अरे, छोड़ो, अब जो भी कोई था, भूल जाओ। अब तो तुम ऐश करोगी, ऐश। तरह-तरह के कपड़े, गहने, अच्छे से अच्छा खाना-पीना, जो चाहोगी, मिलेगा। क्या रखा था उस सड़े हुए गांव में और उस कमीने कुलदीपा में जो सिर्फ पांच सौ रुपल्ली में तुम्हें हमारे हाथों बेचकर तुम्हें धोखा दे गया।"

और फिर कुछ ही देर बाद बाला ने जो-जो कुछ वहां देखा उससे उसे पूरा विश्वास हो गया कि कुलदीपा उसे धोखे में बेच गया था और अब वह जिन लोगों के चंगुल में है उनसे बचकर वह निकल नहीं सकती।

थोड़े दिन बाद उसने उस मकान के एक अन्य कमरे में पड़ा एक फोटो एलबम देखा तो उत्सुकतावश उसमें लगी तसवीरें देखने लगी। उसमें उसकी भी कई तसवीरें लगी हुई थीं, कई तरह की नंगी-भद्दी मुद्राओं में और अलग-अलग मर्दों के साथ। इसी एलबम में उसे अपनी उन चारों सहेलियों की भी उसी तरह की कई तसवीरें दिखाई दी थीं।

तीन महीने बाद नैनपुर गांव में बूढ़े बरगद के पेड़ के पीछे झाड़ियों के पास कुलदीपा की लाश बरामद हुई तो गांवभर में सन-सनी फैल गई। कुलदीपा का मृत शरीर छुरे के घावों से छलनी हुआ पड़ा था। ज़ाहिर था कि कातिल ने पूरी-पूरी वहशत की लपेट में आकर अंधाधुंध प्रहार किए थे।

हत्या हुई थी नैनपुर में 14 अक्तूबर, 1935 की सांझ को। और उसी रात जौनपुर के सदर थाने में हत्यारे ने आत्मसमर्पण करके

अपना अपराध स्वीकार कर लिया था तथा साथ ही छह इंच फल वाला एक कमानीदार छुरा भी थाने में जमा कर दिया था।

उस समय ड्यूटी पर तैनात सब-इंस्पेक्टर को अपने सामने एक अत्याधुनिक वेशभूषा में खड़ी अपूर्व सुन्दरी महिला को देखकर अत्यधिक आश्चर्य हो रहा था कि शहर की इस परी को एक गांव के गुंडे की हत्या करने की क्या ज़रूरत पड़ गई।

वह थी बाला अलियास अनुपमा राठौड़। बाला ने पुलिस में तथा फिर अदालत के सामने जो बयान दिया उसमें कहीं कोई दुराव-छिपाव या अतिशयोक्ति नहीं थी। हर बात साफ-साफ कह सुनाई। और न ही अपने लिए किसी तरह की दया की कोई भीख मांगी। उलटे पुलिस और अदालतों की पोल खोली की उन्हींकी शह पर सारी गुंडागर्दी मची हुई है।

बाला को जौनपुर की सेशन अदालत ने आजीवन कारावास का दंड दे दिया। बाला ने अपील करने से भी इंकार कर दिया और चुपचाप दंड स्वीकार कर दिया।

7. काटनवाला काण्ड

5 मई, 1930 को बम्बई के सेठ काटनवाला की मृत्यु हो गई। जूहू स्थित अपने बंगले में उनकी मृत्यु हुई थी। डॉक्टर ने मृत्यु का कारण भीतरी रक्तस्राव बतलाया। उनकी उम्र 50 साल की थी। और मरने से छः महीने पहले ही उन्होंने ओरिएंटल बीमा कंपनी में एक लाख रुपये का बीमा करवाया था। बीमे की शर्त यह थी कि काटनवाला अगर एक साल के भीतर आत्महत्या कर लेते तो प्रीमियम का रुपया भी वापस न मिलता। बीमा कराते समय कंपनी के डॉक्टर ने जो उनके स्वास्थ्य की जांच की थी उसकी रिपोर्ट के अनुसार काटनवाला एकदम स्वस्थ थे। बीमा कराने के ठीक एक साल और एक महीने बाद उनकी मृत्यु हो गई। वे अपने बंगले में अपनी दूसरी पत्नी नलिनी के साथ रहते थे।

काटनवाला की पहली पत्नी की मृत्यु दस साल पहले हो चुकी

थी। और नलिनी के साथ शादी किए पांच साल हो चुके थे। शादी के समय नलिनी की उम्र मुश्किल से 21 साल थी। नलिनी के माता-पिता ने काटनवाला की दौलत के लालच में अपनी लड़की की शादी उसकी दुगुनी उम्र वाले व्यक्ति से कर दी थी।

उम्रों के अंतर के अलावा काटनवाला और नलिनी के स्वभावों में भी ज़मीन-आसमान का फर्क था। इसके अतिरिक्त नलिनी जितनी जवान थी उतनी ही खूबसूरत भी थी और काटनवाला के भोंड़े नक्श और बेडौल शरीर के प्रति नलिनी के मन में एक वितृष्णा भर गई थी।

काटनवाला की पहली बीवी से दो बच्चे थे, एक लड़का और एक लड़की। दोनों की शादियां हो चुकी थीं। लड़की अपनी ससुराल में थी और लड़का अपने पिता के साथ ही रहता था। लड़के का नाम मोहनदास था। मोहन ने अपने पिता की इस शादी का विरोध भी किया था और शादी के बाद से पिता-पुत्र के सम्बन्ध भी अच्छे नहीं रह गए थे। इसलिए वह अलग कोठी में चला गया था। मोहन भी अपने पिता के ही व्यापार में था और मोहन की कोठी पिता की कोठी के पास ही थी।

काटनवाला की मृत्यु की रिपोर्ट में, क्योंकि मृत्यु का कारण भीतरी रक्तस्राव यानी हैमरेज बताया गया था इसलिए मृत्यु के तुरन्त बाद तो हत्या के संदेह होने का प्रश्न ही नहीं उठता था। मगर बीमा कंपनी ने एक लाख रुपये का भुगतान काटनवाला की विधवा पत्नी नलिनी को करना था इसलिए कंपनी वालों ने इस सम्बन्ध में जो जांच-पड़ताल करवाई तो संदेह हुआ और इस संदेह के कारण कंपनी ने यह मामला खुफिया विभाग के सुपुर्द कर दिया, तथा बीमा पॉलिसी का भुगतान जांच की रिपोर्ट आने तक रोक लिया।

खुफिया विभाग ने इस जांच के लिए जिस इंस्पेक्टर को तैनात किया था उसका नाम था राजकुमार। राजकुमार पहले तो उस डॉक्टर से मिला जिसने काटनवाला की मृत्यु का सर्टिफिकेट दिया था। डॉक्टर का नाम था डॉक्टर विलास राय मेहता।

राजकुमार ने डॉक्टर मेहता से पूछा, "काटनवाला की मृत्यु के

बाद आपको उनकी लाश की जांच करने के लिए किसने बुलाया था?"

डॉक्टर मेहता ने कहा, "शायद उनकी पत्नी ने ही फोन किया था!"

"आपने अच्छी तरह जांच कर ली थी?"

"हां-हां, बिलकुल अच्छी तरह।"

"क्या आप उनके फैमिली डॉक्टर हैं?"

"जी हां।"

राजकुमार ने पूछा, "जिस समय आप वहां गए उनकी लाश कहां पड़ी थी?"

डॉक्टर ने बताया, "उनके बंगले के पीछे वाले लॉन में।"

"वहां उस समय सेठ जो क्या कर रहे थे, यह बात तो आपने उनके घर वालों से पूछी होगी?"

"हां, पूछी थी। उनकी पत्नी का कहना था कि उस समय वे चिड़ियों का शिकार कर रहे थे। यह उनका पुराना शौक था, यह मैं जानता था। उनकी लाश के पास ही बाईस बोर की राइफल भी पड़ी हुई थी।"

"अच्छा डॉक्टर साहब, एक बात बतलाइए। आप उनके फैमिली डॉक्टर हैं तो आप जानते ही होंगे कि उन्हें ऐसी कोई बीमारी थी जिसके कारण रक्तस्राव हो सकता था?"

डॉक्टर मेहता ने कहा, "जहां तक मेरा खयाल है उनके पेट में छाले थे। शायद इसी कारण अचानक हैमरेज हो गया हो। उस समय थोड़ा-सा खून भी उनके ओठों पर लगा हुआ था।"

"ऐसा तो नहीं कि राइफल की गोली लगने से उनकी मौत हुई हो?"

"जी नहीं। मैंने उनकी अच्छी तरह परीक्षा की थी। शरीर के किसी भाग पर गोली लगने का निशान दिखाई नहीं दिया।"

"अच्छा, मैं आपसे एक आखिरी सवाल और पूछना चाहता हूं कि लाश को देखने के बाद आपको पोस्टमार्टम की ज़रूरत महसूस नहीं हुई थी?"

डॉक्टर मेहता ने कहा, "नहीं। पोस्टमार्टम का सवाल ही नहीं था। मौत का कारण तो स्पष्ट हैमरेज था। ऐसे में पोस्टमार्टम की राय देकर मैं उनके परिवार के लोगों को नाहक परेशान नहीं करना चाहता था।"

डॉक्टर मेहता से मिलने के बाद राजकुमार काटनवाला की पत्नी नलिनी से मिलने गया। नलिनी से मिलते समय राजकुमार ने यह ज़ाहिर नहीं होने दिया कि वह खुफिया विभाग का आदमी है। वह अपने साथ बीमा कंपनी के अधिकारी को भी ले गया था। और दोनों जनों ने यही जाहिर किया कि वे बीमा कंपनी के आदमी हैं और काटनवाला की बीमा पॉलिसी के सम्बन्ध में बातचीत करने आए हैं। राजकुमार ने कहा, "मुझे अफसोस है कि ऐसे दु:ख के अवसर पर मैं आपको परेशान करने चला आया। मगर, क्योंकि बीमा काफी बड़ी रकम का था और ऐसे मामलों में बीमा कंपनी जल्दी से जल्दी जांच-पड़ताल करके रुपये का भुगतान करना चाहती है इसलिए मुझे आपको तकलीफ देनी पड़ी है। कृपया उस दिन की सारी घटनाएं मुझे खुलासा बतला दीजिए।"

"किस दिन की?" नलिनी ने पूछा।

राजकुमार ने कहा, "5 मई की दोपहर की।"

नलिनी ने धीरे-धीरे कहना शुरू किया, "मैं उस समय खाना खाने के बाद अपने कमरे में आराम कर रही थी।"

राजकुमार ने टोकते हुए पूछा, "माफ कीजिएगा, उस समय कितने बजे थे?"

"मेरे खयाल में दो बजे होंगे।"

"हां, फिर क्या हुआ?"

"नौकर दौड़ा-दौड़ा मेरे पास आया और घबराकर उसने मुझे सूचना दी।"

"क्या सूचना दी?"

"यही कि सेठ जी की मृत्यु हो गई है।"

राज कुमार ने पूछा, "उस समय वे कहां थे और क्या कर रहे थे?"

"पीछे वाले लॉन में थे और अपनी राइफल से चिड़ियां मार रहे थे।"

"अच्छा, यह बतलाइए कि इस उम्र में सेठ जी को बीमा कराने की क्या ज़रूरत महसूस हुई, जबकि पहले उन्होंने कभी बीमा नहीं कराया?"

"उनके मन में शायद यह बात समा गई थी कि अब वे अधिक नहीं जी पाएंगे। उम्र का तकाज़ा भी था और फिर उन्हें मेरी परेशानी थी कि इतनी छोटी उम्र में विधवा हो जाने के बाद मेरा भविष्य क्या होगा! बाकी जायदाद के बारे में बीस अड़चनें पड़ सकती थीं।"

नलिनी से बातचीत करने के बाद राजकुमार और बीमा कंपनी का अधिकारी बाहर निकले तो उन्होंने देखा कि एक आदमी कोठी में दाखिल हो रहा है। उस आदमी की तरफ ध्यान से देखते हुए वे लोग चलते गए। मगर फाटक पार करने के बाद राजकुमार ने एक बार फिर घूमकर देखा। कोठी के बाहर वाले लॉन में जो नौकर घास पर पानी छिड़क रहा था वह उस आगंतुक को देखकर कुछ ठिठक गया था। फिर जैसे ही वह आदमी कोठी के अंदर चला गया तो राजकुमार ने लपककर उस नौकर से पूछा, "यह कौन सज्जन हैं जो अभी-अभी गए हैं?"

नौकर ने कहा, "नाम तो मैं नहीं जानता, लेकिन जिस दिन सेठ जी की मौत हुई थी उससे पहली रात ये आए थे ओर रात-भर यहीं रहे थे।"

"इससे पहले कभी नहीं आए थे?"

"जी नहीं।"

इतना पूछकर राजकुमार फिर बाहर चला गया। मगर थोड़ी ही देर बाद वह कुछ सोचकर तेज़ी से अंदर आ गया और उसी कमरे के बाहर जाकर खड़ा हो गया जहां उन्होंने बैठकर नलिनी से बातें की थी। उसने देखा कि नलिनी उस आदमी को देखकर हैरान हो रही थी। हैरान होकर पूछने लगी थी, "अरे, आप? मैं तो समझी थी आप इन्दौर चले गए होंगे।"

उस आदमी ने जवाब दिया, "उस दिन मैं जब अपने होटल गया तो मुझे मेरे बड़े भाई का तार मिला। वे पूना में रहते हैं। उनकी तबीयत बड़ी खराब हो गई थी इसलिए मुझे अचानक वहां जाना पड़ गया, इंदौर नहीं जा सका। कल मुझे सेठ जी की मृत्यु का समाचार मिला तो मैंने सोचा आपसे मिल आऊं। हो सकता है मेरी किसी सहायता की ज़रूरत पड़ जाए।"

तभी नलिनी की नज़र राजकुमार पर पड़ गई तो वह हड़बड़ाकर कह उठी, "अरे, आप बाहर क्यों खड़े हैं, आइए ना!"

राजकुमार कहने लगा, "मुझे वो रास्ते में ध्यान आया कि मैं अपना कागजो वाला लिफाफा शायद वहां छोड़ गया हूं। मैं उसे ढूंढने आया था। दरबाजे के बाहर इसलिए रुक गया क्योंकि आप लोग बात कर रहे थे।"

इसपर नलिनी को उस व्यक्ति का परिचय देना ही पड़ा। कहने लगी, "आप सेठ जी के गहरे दोस्त हैं।"

राजकुमार ने उस व्यक्ति की तरफ देखते हुए पूछा, "आपका शुभ नाम?"

"मुझे प्राणनाथ कहते हैं।"

"आप बम्बई में ही रहते हैं?"

"जी नहीं, मैं रहता तो इंदौर में हूं, यहां कभी-कभी आ जाता हूं। काटनवाला की दोस्ती खींच लाया करती थी। हम दोनों को शिकार का बड़ा शौक था।"

राजकुमार ने फिर अपना लिफाफा ढूंढने के लिए इधर-उधर नज़र दौड़ाई और खिसियाना-सा होकर कहने लगा, "मैं यहीं तो बैठा था, लिफाफा तो है नहीं कहीं। हो सकता है लाया ही नहीं हूंगा। अच्छा खैर, कष्ट के लिए क्षमा चाहता हूं।" नलिनी को नमस्ते करके उसने प्राणनाथ की ओर हाथ बढ़ा दिया, "अच्छा तो प्राणनाथ जी आपसे मिलकर बड़ी खुशी हुई। फिर कभी मुलाकात होगी। हां तो, बाई द वे, आप ठहरे कहां हैं?"

"कोरोनेशन होटल।"

राजकुमार उनसे विदा लेकर चला गया और फिर शाम को

प्राणनाथ से मिलने कोरोनेशन होटल जा पहुंचा। उस समय भी वह अपने साथ बीमा कंपनी के उस अधिकारी को ले गया था और प्राणनाथ के सामने भी उसने यही ज़ाहिर किया कि वे लोग बीमा कंपनी के आदमी हैं। और काटनवाला की बीमा पॉलिसी के बारे में छानबीन कर रहे हैं।

राजकुमार ने प्राणनाथ से कहा, "हां, तो हम यह जानना चाहते हैं कि मृत्यु से एक दिन पहले सेठ काटनवाला की मनः-स्थिति कैसी थी?" हालांकि ये सब बातें हम उनकी पत्नी से भी पूछ सकते थे, लेकिन हमने उन्हें ऐसी हालत में ज़्यादा परेशान करना मुनासिब नहीं समझा इसलिए आपसे पूछ रहे हैं।"

प्राणनाथ ने कहा, "बड़े शौक से पूछिए, मैं आपकी पूरी-पूरी मदद करने के लिए तैयार हूं।"

राजकुमार ने पूछा, "आप उन्हें कैसे जानते हैं?"

"असल में इनके पिताजी मेरे पिताजी के दोस्त थे। इंदौर में हम लोगों के घर भी आसपास थे। बचपन से ही काटनवाला मेरे बड़े भाई के साथ खेला करते थे। बाद में काटनवाला के पिता इंदौर छोड़कर बम्बई चले आए।"

"तो बम्बई में आप अकसर आते रहते हैं?"

"जी नहीं।"

"काटनवाला की मृत्यु से एक दिन पहले जब आप बम्बई आए थे तो पहली दफा उनसे मिले थे?"

"जी हां, घर पर पहली दफा ही मिला था। पहले दफ्तर में मिल लिया करता था।"

"उनसे इतनी दोस्ती होने के बावजूद आप होटल में क्यों ठहरते है?"

इसपर प्राणनाथ कुछ झेंप गया, मगर जैसे-कैसे अपनी झेंप को दबाता हुआ कहने लगा, "बात यह है कि मुझे किसीके घर रहने में सुविधा महसूस नहीं होती, इसलिए मैं जब भी बाहर जाता हूं तो होटल में ही ठहर जाता हूं।"

"तो उस रात···"

प्राणनाथ झट कह उठा, "नहीं-नहीं, उस रात मैं अपने होटल में नहीं आ सका था, क्योंकि काटनवाला ने मुझे ज़बरदस्ती रोक लिया था।"

तो अगले दिन सुबह ही आप उनके यहां से चले आए थे?"

"हां, मैं सुबह ही चला आया था।"

"कारण?" राजकुमार ने कुछ गंभीर होकर पूछा।

प्राणनाथ ने इस तरह के सवाल होते देखे तो कुछ परेशान भी हो गया। मगर अपनी परेशानी को दबाता हुआ कहने लगा, "मुझे दोपहर की गाड़ी से इंदौर जाना था। मगर जैसे ही मैं होटल पहुंचा तो मुझे पूना से अपने भाई का तार मिल गया, इसलिए पूना चला गया।"

"काटनवाला की मृत्यु का समाचार आपको कैसे मिल गया?"

"अखबार में पढ़ा था।"

"अच्छा खैर, यह बतलाइए कि जिस रात आप सेठ जी के यहां रहे, उनसे आपकी क्या-क्या बातें हुई?"

प्राणनाथ सोच-सोचकर बतलाने लगा, "पहले तो शायद वह मेरे भाई साहब की बातें करते रहे, उसके बाद शिकार-विकार की बातें हुईं। वे अपने अनुभव सुनाते रहे, मैं अपने सुनाता रहा। और हां, शायद मैंने उन्हें एक कहानी भी सुनाई थी।"

राजकुमार ने पूछा, "कैसी कहानी?"

प्राणनाथ बतलाने लगा, "इंदौर के पास एक गांव में एक व्यक्ति ने छोटी राइफल से आत्महत्या कर ली थी। उसने अपने मुंह में राइफल की नली रखकर घोड़ा दबा दिया था। और गोली उसके दिमाग में धंस गई थी। मगर हैरानी की बात यह थी कि उसके ओठों पर थोड़ा-सा खून ही लग पाया था और बाहर कहीं खून दिखाई नहीं दे रहा था। आत्महत्या की यह घटना इतनी अजीब थी कि बातों-बातों में इसका ज़िक्र आ गया था।"

इसपर राजकुमार ने पूछा, "मगर इस समय जो आप मुझे यह कहानी सुना रहे हैं उससे मुझे ऐसा लगता है कि आपको यह संदेह है कि शायद काटनवाला ने भी इसी तरह आत्महत्या की है?"

"हो भी सकता है! आप इस संभावना पर भी गौर कर सकते हैं। हालांकि मुझे इस बात का कोई कारण नहीं दिखाई देता कि उन्हें आत्महत्या करने की ज़रूरत क्यों पेश आई। लेकिन फिर भी किसी आदमी के निजी जीवन की सारी बातें तो कोई नहीं जान सकता। हो सकता है कोई ऐसी बात रही हो और मेरी इस कहानी से उन्हें इस प्रकार आत्महत्या करने की प्रेरणा मिल गई हो।"

प्राणनाथ की उम्र मुश्किल से तीसेक साल की दिखाई पड़ती थी। इसलिए पहले तो राजकुमार को इस बात पर भी संदेह हुआ कि इसकी सेठ काटनवाला से दोस्ती रही होगी। दूसरे उसे कोठी के नौकर की बात याद आई जो प्राणनाथ को देखकर चौंका था और फिर पूछने पर उसने बतलाया था कि उस व्यक्ति के बारे में वह कुछ नहीं जानता, सिर्फ 4 मई की रात को वह कोठी में सोया था, इतना ही जानता है।

इस सिलसिले में राजकुमार एक बार फिर नलिनी से मिलने गया। नलिनी ने भी यही बतलाया कि वह सेठ जी के ही दोस्त हैं और उस रात से पहले वह प्राणनाथ से नहीं मिली थी।

उसके बाद राजकुमार काटनवाला के लडके मोहनदास से मिला तो मोहनदास ने कहा, "मैं यह बात मानने के लिए बिलकुल तैयार नहीं हूं कि प्राणनाथ का मेरे पिताजी से किसी प्रकार का कोई संबंध था। मैं न तो इस नाम के किसी व्यक्ति को जानता हूं न आज तक कभी देखा है।"

राजकुमार ने पूछा, "नलिनी देवी के बारे में आपके क्या विचार हैं?"

मोहनदास कहने लगा, "मैं शुरू से ही इस शादी के खिलाफ था। पिताजी का विरोध भी किया। मगर वे नहीं माने तो शादी के बाद मैं अलग रहने लगा था। मेरी कोठी भी क्योंकि पास ही है इसलिए थोड़ी-बहुत जानकारी मिलती रहती थी। उसी आधार पर उड़ती-उड़ती जो बातें मेरे कानों तक पहुंचती रहीं वे सुखद नहीं थीं।

"कैसी बातें आपने सुनीं, उनपर रोशनी डालिए।"

"अब देखिए ना, लोगों की जबान को तो कोई रोक नहीं सकता। जितने मुंह उतनी बातें होती हैं। कितना सच है कितना झूठ, यह तो नहीं कहा जा सकता, लेकिन ऐसी बातें बिलकुल निराधार नहीं हो सकतीं।"

राजकुमार ने पूछा, "साफ-साफ बतलाइए ना।"

मोहनदास बहुत झिझककर तथा बेहद शर्म महसूस करता हुआ कहने लगा, "सुनने में यह आता रहा है कि मेरी सौतेली मां का चरित्र ठीक नहीं। मुझे यह कहते हुए शर्म भी आती है लेकिन फिर भी मैं इसमें उनका कोई कसूर नहीं मानता। सारा कसूर मेरे स्वर्गवासी पिताजी का था, जिन्होंने अपनी बेटी की उम्र की लड़की से शादी की या फिर यह कसूर लड़की के मां-बाप का था, जिन्होंने रुपये के लालच में अपनी जवान बेटी की ज़िन्दगी के साथ खिलवाड़ किया।" कहता-कहता मोहनदास भावुक हो आया और उसकी आंखें छलछला गईं।

राजकुमार ने मोहनदास को टोककर पूछा, "यह सब तो आपने मोटे तौर पर बताया, मगर क्या कोई विशेष बात या घटना आपने सुनी अथवा देखी?"

"जब कई बार सुना कि वह दोपहर बाद तैयार होकर कोठी के पिछले दरवाज़े से कहीं जाती हैं और फिर कई-कई घंटे बाद लौटती हैं तो एक बार मैंने स्वयं उन्हें शैडो किया। सड़क पर जाकर उन्होंने टैक्सी की और कोरोनेशन होटल जाकर उतर गईं। मैं अपनी कार में काफी फासले से उस टैक्सी का पीछा कर रहा था।" मोहनदास इतना कहकर कुछ सांस लेने लगा। ऐसा लग रहा था गोया उसका दम फूल गया हो।

राजकुमार ने पूछा, "क्या नलिनी देवी के पास अपनी कार नहीं है?"

"है। मगर ऐसे मौकों पर शायद वह अपनी कार का उपयोग नहीं किया करती थीं। वैसे अकसर शापिंग-वापिंग के लिए वह अपनी ही कार में जाया करती हैं।"

"सेठ काटनवाला प्राय: कितने बजे घर लौटा करते थे?"

"उनका कुछ ठीक नहीं था। कारोबार के सिलसिले में कई बार तो उन्हें दफ्तर से ही सीधे कहीं जाना पड़ जाता था और शाम को देर-देर तक लौट पाते। लेकिन अकसर वह शाम को छह बजे तक लौट आया करते थे।"

"आपके विचार से उन्हें अपनी पत्नी के चरित्र पर कभी शक नहीं हुआ था?"

"इस बारे में मैं ठीक से कुछ नहीं कह सकता। मैंने तो उनसे कारोबार के अलावा कोई बात करनी ही छोड़ दी थी।"

"अच्छा तो मोहनदास जी, जब आपने कोरोनेशन होटल तक पीछा किया तो फिर वहां कुछ पूछताछ भी की थी?"

"जी हां, की थी और पता चला कि कमरा नंबर चौदह में किसी चद्रप्रकाश वर्मा नामक व्यक्ति की एक गेस्ट गई हैं।"

राजकुमार थोड़ी देर तक सोचने के बाद बुदबुदा उठा, "प्राणनाथ भी अकसर कोरोनेशन होटल में ही ठहरता है और आप जिस चंद्रप्रकाश वर्मा का ज़िक्र कर रहे हैं वह भी कोरोनेशन में ही ठहरा था। कहीं ये दोनों एक ही तो नहीं! हो सकता है यही हर बार नये नाम से ठहरता हो!"

"मगर ऐसी सूरत में उसे हमेशा एक ही होटल में ठहरने की क्या ज़रूरत थी?" इस बार बीमा कंपनी का अधिकारी बोला था।

राजकुमार ने कहा, "हो सकता है कोरोनेशन वालों से उसकी कोई खास सांठ-गांठ हो और हर बार यहीं टिकना उसे सुरक्षित लगता हो। हो यह भी तो सकता है कि वह यहीं का रहने वाला हो और सिर्फ इस तरह की मुलाकातों के लिए होटल के कमरे का उपयोग करता हो।"

"हां, हो तो सकता है, पर अगर ऐसा होता तो नलिनी देवी उसे यह क्यों पूछतीं कि वह अभी तक गया नहीं?"

इसपर अधिकारी ने कहा, "बहुत संभव है कि इन लोगों की योजना कुछ ऐसी बनी हो कि घटना के बाद वह व्यक्ति कुछ दिनों के लिए कहीं चला जाए, और फिर उसे न गया पाकर नलिनी देवी हैरान हो गई हों।"

मोहनदास से बातचीत करने के बाद राजकुमार और बीमा कंपनी का अधिकारी लौट रहे थे तो रास्ते में राजकुमार को एक तरकीब सूझी। उसने कुछ सोचकर कहा, "जरा गाड़ी जूहू थाने में ले चलें।"

"आप वहीं उतरेंगे?"

"नहीं, एक काम है। वहां से एक सब-इंस्पेक्टर को साथ लेना है। एक नाटक सूझा है।"

"क्या?"

"नलिनी देवी और प्राणनाथ को अलग-अलग घेरकर सच्चाई उगलवाने का।" राजकुमार ने मुसकराते हुए कहा।

"कैसे?"

"नलिनी के यहां गिरफ्तारी के रेड का नाटक करते हुए उससे यह कहा जाए कि प्राणनाथ ने सारी बातें कबूल कर ली हैं और प्राणनाथ को यह कि नलिनी ने सच्चाई कबूल ली है। हो सकता है आतंकित होकर दोनों बक पड़े।"

राजकुमार की यह तरकीब तात्कालिक रूप से काम तो कर गई और नलिनी तथा प्राणनाथ ने यह स्वीकार भी कर लिया कि काटनवाला की हत्या की गई थी, मगर अदालत में बयान देते समय दोनों जने साफ मुकर गए और अपने-अपने बयान में स्वयं को निर्दोष बताते हुए कहा कि पुलिस ने थर्ड डिगरी के हथकंडे बरतकर उन्हें झूठे इकबालिया बयान देने पर मजबूर किया था।

मगर क्योंकि नलिनी और प्राणनाथ की गिरफ्तारी के बाद नलिनी की कोठी और प्राणनाथ के होटल के कमरे की तलाशी में कुछ ऐसी चीज़ें बरामद की गई थीं जिनके आधार पर सेशनकोर्ट में सरकारी वकील ने दोनों मुल्ज़िमों को जिरह में घेर लिया।

इसी सिलसिले में डॉक्टर मेहता के बैंक खातों की भी गुप्त जांच की जा चुकी थी और उन्हें भी हिरासत में ले लिया गया था।

जिरह में नलिनी से पूछा गया, "क्या आपने पांच मई को अपने निजी बैंक खाते में से दस हज़ार रुपये निकलवाए थे?"

नलिनी को यह स्वीकार करना पड़ा।

डॉक्टर मेहता से पूछा गया, "आपने जो उसी दिन दस हज़ार रुपये की नगद राशि अपने खाते में जमा कराई थी, क्या आप उसकी कोई कैफियत दे सकते हैं?"

डॉक्टर मेहता संतोषजनक कैफ़ियत नहीं दे सके थे।

इसपर सरकारी वकील ने अदालत के सामने यह बात तो साबित कर दी कि नलिनी देवी ने डॉक्टर मेहता को दस हज़ार रुपये की रिश्वत दी थी।

अब सिर्फ इस बात को प्रमाणित करना रह गया था कि काटन-वाला की मृत्यु अपने-आप नहीं हुई थी बल्कि हत्या के किसी षड्-यंत्र का परिणाम थी और यह कि इस षड्यंत्र में नलिनी, प्राणनाथ तथा डॉक्टर मेहता तीनों शरीक थे। इसके अलावा यह भी प्रमा-णित होना बाकी था कि वास्तविक हत्यारा इन तीनों में से कौन था और उसका मोटिव क्या था।

सारे मामले की जांच-रिपोर्टों के आधार पर सरकारी वकील ने तथ्यों की जो कहानी अदालत के सामने पेश की, वह संक्षेप में इस प्रकार थी :

'नलिनी देवी अपने इस विवाह से असंतुष्ट थीं तथा इनका मन इस बंधन से छुटकारा पाने के लिए छटपटा रहा था। इनकी निजी डायरी के कई अंशों तथा इनकी अलमारी से मिले कई पत्रों से जहां इस छटपटाहट का पता चला है, वहीं यह बात भी प्रमाणित होती है इन पत्रों के लेखक से नलिनी देवी का गुप्त प्रेम-व्यापार चल रहा था। हालांकि इन पत्रों में लिखने वाले ने अपना नाम-पता नहीं लिखा मगर ये सारे पत्र एक ही हैंडराइटिंग के हैं और पिछले तीन वर्षों के दौरान लिखे गए हैं। डाकखाने की मौहरों से पता चलता है कि ये खत अलग-अलग शहरों से डाले गए थे। इससे यह भी लगता है कि इन्हें लिखने वाले व्यक्ति का या तो कोई ऐसा कारो-बार है या कोई ऐसी नौकरी जिसके सिलसिले में इसे अकसर दौरे पर रहना पड़ता है।

'इसी तरह कोरोनेशन होटल में प्राणनाथ के सामान की तलाशी में कुछ खत और नलिनी देवी के फोटो बरामद हुए हैं। इन खतों

पर भी लिखने वाले ने अपना नाम नहीं लिखा, मगर ये खत भी एक ही हैंडराइटिंग के हैं तथा किसी औरत की ओर से लिखे गए हैं तथा यह हैंडराइटिंग हू-ब-हू वही है जो नलिनी देवी की निजी डायरी में है।

'प्राणनाथ के बारे में जो गुप्त छानबीन की गई है उससे यह पता चला है कि इसका असली नाम श्यामानंद है और यह मूलरूप से इंदौर का रहने वाला है, मगर वर्षों से बंबई में ही रह रहा है। इसका धंधा है मिलिट्री का डिस्पोज़ल का माल खरीदकर थोक में बेचना, इस सिलसिले में इसे विभिन्न छावनियों में बोलियां देने जाना पड़ता है। श्यामानंद का बंबई में ही अपना फ्लैट है तथा इसके घर में एक जवान बहन, दो छोटे भाई तथा विधवा मां है। इसीलिए यह नलिनी को मिलने के लिए अकसर कोरोनेशन होटल में ही कमरा लिया करता है। कोरोनेशन के मैनेजर से इसकी मित्रता है।

'चार मई की शाम को नलिनी ने श्यामानंद को अपने घर खाने पर बुलवाया। शायद अपना कोई संबंधी बतलाकर अपने पति से परिचय कराया होगा। और श्यामानंद ने इंदौर के करीब के किसी गांव में होने वाली किसी मनगढंत आत्महत्या की कहानी सुनाई थी। यह बात श्यामानंद ने अपने बयान में स्वीकार की है। नलिनी देवी के नौकर की मौजूदगी में यह कहानी सुनाई गई थी। और नौकर के बयान से यह ज़ाहिर है कि क्योंकि अगले ही दिन हू-ब-हू उसी कहानी की घटना की पुनरावृत्ति उसके मालिक के साथ हो गई थी इसीलिए वह सेठ जी की मृत्यु के बाद उस व्यक्ति को फिर से कोठी में आया देखकर चौंक उठा था।

'नौकर की मौजूदगी में यह कहानी सुनाने और फिर अपने बयान में भी इसी कहानी का उल्लेख करके आत्महत्या की संभावना की ओर इंगित करने का मंशा यही था कि यदि डॉक्टर मेहता के झूठे सर्टिफिकेट से काटनवाला की स्वाभाविक मृत्यु की बात न भी बने तो फिर इस अनोखे तरीके से आत्महत्या की बात पुष्ट हो सके कि सेठ जी को आत्महत्या करने का यह उपाय मालूम हो गया था इसलिए उन्होंने इसका प्रयोग कर लिया।

'मगर इस मामले में इस ढंग से आत्महत्या की संभावना एकदम निराधार है, क्योंकि इस तरह राइफल की नली मुंह में डालकर कोई व्यक्ति स्वयं अपने हाथ से राइफल का घोड़ा नहीं दबा सकता, सिर्फ अपने पैर के अंगूठे से ही घोड़ा दबा सकता है। पर अगर ऐसा रहा होता तो उस हालत में सेठजी की मृत्यु के समय उनके एक ही पैर में जूता होता, और एक पैर में जुता पड़ी लाश को देखकर किसी न किसी को यह बात अजीब लगती ही और वह इसका ज़िक्र भी करता ही, क्योंकि ऐसे में यह बात बड़े महत्त्व की होती।

'इसलिए सिर्फ एक ही संभावना बचती है और वह यह कि दोपहर को खाना खाने के बाद जिस समय सेठ काटनवाला अपनी कोठी के पीछे वाले लॉन में चिड़ियों का शिकार करने गए होंगे, उस समय नलिनी देवी भी उनके साथ ही लॉन में मौजूद होंगी और इन्होंने बातों-बातों में उस कहानी वाली बात उठाकर कहा होगा कि इस प्रकार राइफल की नली मुंह में डालकर आत्महत्या करनी असंभव है। और यह कहकर शायद इन्होंने सेठजी के हाथ से राइफल लेकर नली को अपने मुंह में डालकर यह भी कहा होगा कि बताइए भला, ऐसे पोज़ में घोड़ा कैसे दबाया जा सकता है, जबकि घोड़े तक हाथ ही नहीं पहुंच सकता! फिर हो सकता है कि नलिनी देवी ने सेठजी को राइफल थमाकर कहा हो कि लीजिए, आप ट्राई करके देख लीजिए, हो सकता है आपकी बांह लंबी होने के कारण घोड़े तक पहुंच जाए, मुझे तो प्राणनाथ की गप्पों पर यकीन नहीं होता। इसके बाद संभवतया सेठ काटनवाला ने नाली अपने मुंह में डालकर ट्राई करने की कोशिश की हो, मगर उनका हाथ तो क्योंकि घोड़े तक पहुंच नहीं सकता था, इसलिए बहुत मुमकिन है कि नलिनी देवी ने झट से झुककर घोड़ा दबा दिया हो और फिर लपककर अपने कमरे में जा लेटी हों।'

इतना कहते ही सरकारी वकील ने अदालत में खड़ी नलिनी देवी को संबोधित होकर पूछा था, "क्यों नलिनी देवीजी, ठीक है न?"

नलिनी ने अतिरिक्त रूप से चीखते स्वर में कहा था, "नहीं-ई···यह सब झूठ है।"

इसपर सरकारी वकील ने फिंगर प्रिंट विशेषज्ञ की रिपोर्ट का उल्लेख करते हुए अदालत से कहा था, "लेकिन मिलार्ड! राइफल पर नलिनी देवी की उंगलियों के निशान पाए गए हैं। सिर्फ नली पर ही नहीं, बल्कि घोड़े और हत्थी पर भी। हो सकता है, इन्होंने घोड़ा दबाते समय झुककर एक हाथ से हत्थी थामी हो और दूसरे हाथ से घोड़ा।"

इस हत्याकांड में बंबई की सेशन अदालत ने हत्या के जुर्म में नलिनी देवी को आजीवन कारावास, उसके प्रेमी श्यामानंद अलियास प्राणनाथ को हत्या के लिए उकसाने तथा इस षड्यंत्र में शरीक होने के अपराध में पांच साल सख्त कैद तथा डॉक्टर मेहता को इस गुनाह पर पर्दा डालने के प्रयासस्वरूप तीन साल की साधारण कारावास का दंड सुना दिया।

8. वह अकेली

कलकत्ता की सेशन अदालत ने 2 अक्तूबर, सन् 1928 को एक हत्याकांड का फैसला सुनाते हुए मिस लारा ब्रुक नाम की एक अंग्रेज़ युवती को अजीबन कारावास का दंड घोषित किया।

लारा कलकत्ता के एक अंग्रेज़ व्यापारी मिस्टर जान ब्रुक की इकलौती बेटी थी। लारा की मां की मृत्यु लारा के जन्मते ही हो गई थी, क्योंकि पेट चाक करके डिलीवरी हुई थी।

मिस्टर ब्रुक खासे घनाढ्य बहुधंधी व्यवसायी थे। जूट का निर्यात करने के अलावा बिल्डिग कांट्रेक्ट लेना और इमारती सामान का उत्पादन आदि कई काम उन्होंने फैला रखे थे। पत्नी की मृत्यु के बाद उन्होंने दूसरा विवाह तो नहीं किया, लेकिन किसी प्रकार की एय्याशी में कोई कमी नहीं छोड़ी थी। दिनभर अपने कारोबार में व्यस्त रहते और शाम को एय्याशियों में मस्त। फलस्वरूप अपनी एकमात्र संतान लारा की तरफ ध्यान देने की

फुरसत ही नहीं मिलती थी।

लारा आयाओं के आसरे पलने लगी। जब कुछ होश संभाला तो उसे स्कूल भेजने के बजाय ट्यूशन लगा दी गई। ज़रा बड़ी हुई तो कैंब्रिज भेज दी गई। कैंब्रिज में पढ़ाई पूरी हो गई तो उसके पिता ने उसे फिर भारत बुला लिया। अब लारा भरपूर जवान हो चुकी थी, लेकिन वह हर समय चुप-चुप और अपने-आप में ही बंद रहती थी। पिता का ध्यान पहली बार इस ओर जा पाया था। और अपनी बेटी की इस अंतर्मुखी प्रवृत्ति से चिंतित होकर उन्होंने उसे अपने साथ पार्टियों में ले जाना शुरू कर दिया। मगर लारा को पार्टियों की भीड़भाड़ से परेशानी होती थी। और कई बार तो वह पिता की नज़र बचाकर बीच में ही उठकर घर चली जाती।

मिस्टर ब्रुक ने अपने एक मनस्चिकित्सक मित्र अंग्रेज़ डॉक्टर मैक्ग्रेगर से अपनी बेटी की इस चुप्पी का ज़िक्र किया। डॉक्टर ने मिस्टर ब्रुक को यही राय दी कि किसी प्रकार इसे हर समय कई लोगों के बीच रखा जाए तो शायद कुछ फर्क पड़े।

मिस्टर ब्रुक ने अपने एक मित्र परिवार को कुछ दिनों के लिए अपने घर आकर रहने के लिए मना लिया। इसी परिवार के सैंडी नामक एक युवक से मिस्टर ब्रुक ने लारा की शादी की बात भी सोच रखी थी।

मगर हुआ यह कि एक दिन सैंडी ने जब लारा का चुंबन लेने का प्रयास किया तो लारा ने पहले तो उसे एक तमाचा मार दिया और फिर उसकी गर्दन दबोचती हुई क्रोध में पागल हो उठी। बड़ी मुश्किल से सब जने मिलकर उसे अलग हटा सके थे।

उस दिन से मिस्टर ब्रुक लारा को लेकर अत्यधिक चिंतित रहने लगे थे। उन्हें इस बात का बड़ा कष्ट था कि इतनी खूबसूरत, उच्चशिक्षिता लारा के मन में यह पता नहीं कौन-सी ऐसी गांठ पड़ गई थी।

लारा की उन्नीसवीं वर्षगांठ की पार्टी में मिस्टर ब्रुक ने कलकत्ता के उच्चवर्ग के अधिकांश व्यक्तियों को आमंत्रित किया था। उनमें कई युवक-युवतियां भी थे जिन्होंने लारा से बातचीत

करने तथा घनिष्ठता बढ़ाने की कोशिश की; परंतु लारा उस सारी भीड़ भाड़ के बीच भी कुछ इस ढंग से अकेली बनी रही कि सब लोगों को अपने-अपने तौर पर उसका यह रवैया अपमानजनक लगा था। मेहमानों में से कुछेक के मनोभावों को ताड़कर मिस्टर ब्रुक को अपनी बेटी की ओर से क्षमा मांगनी पड़ी थी।

फिर भी वह लारा को पार्टियों वगैरा में बराबर ले जाते रहे तथा अपने यहां भी आए दिन पार्टियां देने लगे। और लारा अकेली रहने के लिए हर समय भीड़ में घिरी रहने लगी।

लारा के सौंदर्य से कहीं बढ़कर उसका फूट पड़ रहा यौवन अधिकांश युवकों के मुंह से लार टपकाने लगा था, मगर उसके चेहरे पर हर समय जो एक तनाव बना रहता, उसे देखकर किसीका साहस न हो पाता कि आगे होकर उससे प्रेमनिवेदन कर सके।

मिस्टर ब्रुक कभी-कभी छिपकर लारा की हरकतें देखने लगे थे। खासतौर पर लारा जिस समय अपने कमरे में अकेली होती। उन्हें यह देखकर आश्चर्य होता कि एकांत में बैठी लारा के चेहरे पर न तो किसी तनाव की कोई रेखा उभरती, न वह कोई असामान्य हरकत करती। अकेली बैठी या लेटी पढ़ती रहती या कभी-कभी अपनी डायरी लिख लेती।

दो-तीन बार मिस्टर ब्रुक ने छिपकर लारा की डायरी भी पढ़ ली थी और उन्हें यह जानकर कहीं गर्व भी हुआ था कि उनकी बेटी ऐसी बारीक अनुभूतियां इतनी बारीकी से अभिव्यक्त कर लेती है। वह मन ही मन अपनी बेटी के महान लेखिका बनने की कल्पना भी करने लगे थे।

एक बार लारा ने पहलगाम जाने का विचार प्रकट किया तो मिस्टर ब्रूक ने सहर्ष सारा प्रबन्ध कर दिया। लारा एक महीने तक कश्मीर की बर्फानी चोटियों पर अकेली घूमकर जब कलकत्ता लौटी थी तो मिस्टर ब्रुक को यह देखकर खुशी हुई थी कि लारा ने उस एक महीने में काफी कुछ लिख डाला था।

फिर जब एक बार लारा ने कुछ दिनों के एकांतवास के लिए दमदम हवाई अड्डे से आगे मिस्टर ब्रुक की एक फैक्टरी के बंगले में

रहने की इच्छा प्रकट की, तो मिस्टर ब्रुक ने अपने मैनेजर को खास हिदायतें देकर लारा के सुरक्षित एकांत का पूरा-पूरा प्रबन्ध करा दिया था।

मगर इसी एकांतवास के दौरान एक दुर्घटना घट गई थी, और लारा को इसी फैक्टरी के एक मज़दूर की हत्या के जुर्म में गिरफ्तार कर लिया गया था।

मुकदमे के दौरान लारा ने जो लिखित बयान दिया था, उसमें उसने अपना अपराध स्वीकार करते हुए सब कुछ का यथातथ्य वर्णन कर दिया था—बिना कोई बात छिपाए। अपने अंतर्मन का भी कोई भाव छिपाने की उसने कोशिश नहीं की थी।

सेशन अदालत में दिया गया लारा का लिखित बयान यहां पूरा का पूरा उद्धरित किया जा रहा है:

'मैं अकेली रहने के लिए हर समय भीड़ में घिरी रहती थी। वास्तविक एकांत का अनुभव मुझे नहीं था, परन्तु इस बीच मेरे मन में इच्छा उत्पन्न हुई कि मैं कुछ दिनों के लिए कहीं बिलकुल अकेली जाकर रहूं। सबसे कटकर।

'इसी सन्दर्भ में मुझे ध्यान आया कि दमदम हवाई अड्डे से दो मील पर एक बिलकुल निर्जन स्थान में मेरे पिता की चूने की ईंटें पकाने वाली एक फैक्टरी है। और वहां पर जो छोटी-सी कोठी बनी हुई है उसके आसपास दूरदराज़ तक कोई आबादी नहीं है। यही सोचकर कुछ दिन बिताने के लिए मैं वहां चली गई। गर्मियों का मौसम था। कोठी के गिर्द लम्बे-चौड़े लॉन थे। मीलों तक फैले हुए खेत और बाग थे। सड़कें और पगडंडियां एकदम सुनसान। हर मोड़ पर मुझे यह एहसास होता कि कुछ न कुछ ऐसा घटने वाला है जो आज तक कभी नहीं घटा। शायद मैं ऐसा कुछ चाहती थी, लेकिन स्पष्ट नहीं था कि क्या चाहती हूं। कोई अनदेखी चीज़ देखना चाहती हूं या किसी अप्रत्याशित व्यक्ति से मिलना चाहती हूं या फिर किसी ऐसी घटना में से गुज़रना चाहती हैं। किसी-किसी शाम या सुबह तो अकेली ही मीलों दूर पैदल निकल जाती, बिना सोचे कि कहां जा रही हूं और वापस लौटना भी है कि नहीं। मेन

रोड पर चलते समय कई बार कारें और ट्रक मेरे पास से सर्र करके गुज़र जाते और मैं बाल-बाल बच जाती। मगर सोचती कि कुछ हुआ क्यों नहीं, कुछ घटा क्यों नहीं। कोठी और फैक्टरी के बीच में काफी फासला था। कभी-कभार जब मैं फैक्टरी की ओर जा निकलती तो वहां काम करने वाले लोगों में से जो भी सामने पड़ता, मुझे झुककर सलाम करता। मगर मुझे अच्छा नहीं लगता। इसीलिए मैं प्रायः इधर आना टाल जाती। सड़क के उस पार दूर एक जंगल की ओर निकल जाती तो बड़ी राहत पाती। बड़े-बड़े पेड़ों के नीचे से गुज़रते समय मैं गर्दन पीछे की ओर कर लेती और बांहें फैलाकर चलने लगती कि कोई पेड़ मुझपर आ गिरे और मेरे जिस्म को कुचल डाले। कभी-कभी मैं किसी पेड़ की शाखों से इस बुरी तरह लिपट जाती कि बांहों पर खराशें लग जातीं। थक-कर चूर हो चुकने के बावजूद मैं चलती चली जाती, और जब टांगें बिलकुल जवाब दे देतीं तो कहीं पर भी चित लेट जाती। शरीर के सारे अंग ढीले छोड़ देती।

'सुबह-सुबह जब मैं अपने बिस्तर में लेटी होती तो दूर फैक्टरी, की ओर से आने वाले विस्फोटक शब्द सुनना मुझे अच्छा लगता। उन आवाज़ों में से मुझे विनाश की धुन सुनाई देती। शायद इसी-लिए मुझे यह ध्वनि पसन्द थी।

'एक दिन सुबह-सुबह ही मैं फैक्टरी की ओर जा रही थी। वहां किसीसे मिलना नहीं चाहती थी; मगर उस दिन गर्मी क्योंकि ज़्यादा थी और मैं इतनी गर्मी में फैक्टरी की तपती हुई भट्ठियां देखना चाहती थी। भट्ठियों के पास से गुज़रकर मैं उस स्थान पर पहुंची जहां गर्म-गर्म चूने की ईंटें चिनी जा रही थीं। भाप की गर्मी मेरे नथुनों में घुसने लगी तो मुझे बड़ा मज़ा आया। वहां काम करने वाले मज़दूरों के नग्नप्राय शरीर पसीनों से तर दिखाई पड़े। पसीना इस तरह चू रहा था जैसे वे किसी फव्वारे तले खड़े हों। उनके पिघलते हुए शरीरों को देखना मुझे भला लग रहा था।

'एक खदान के अन्दर अकेले खड़े काम करते हुए एक मज़दूर पर निगाह पड़ते ही मैं ठिठक गई। मैंने नीचे झांककर गौर से उस

आदमी को देखना चाहा, मगर जैसे ही उस आदमी की नज़रें उठीं तो मैं झेंप गई। उन नज़रों में कुछ ऐसा दिखा जो मुझे बेतरह परेशान कर गया। उस आदमी ने सिर पर रुमाल बांध रखा था। पतली-सी कमीज़ पसीने के कारण उस के जिस्म से चिपकी हुई थी। लगभग यही हालत उसकी मैले पतलून नुमा पयजामे की थी। कई दिन की बढ़ी हुई दाढ़ी के बालों में से भी उसके जबड़ों की उभरी हुई हड्डियां दांत भींचने के कारण फड़कती हुई दिखाई पड़ रही थीं। और जिन गुस्ताख नज़रों से उसने मुझे देखा, वे मुझे कहीं अखर गई थीं। उस पुरुष के प्रति घृणा की एक तीखी लहर मेरे भीतर कौंध गई।

'अगले दिन मैं फिर उधर ही जा निकली। उसी व्यक्ति के पास जाकर रुक गई। उसे देखने लगी। उसने जब सिर उठाकर देखा, तब भी मैं उसे देखती रही। मेरे देखने के अंदाज़ से उस व्यक्ति को लग गया कि मैं जो कुछ कर रही हूं, उसका अर्थ खूब समझती हूं। मगर शायद इसीलिए इन अर्थों को छिपाने की आवश्यकता महसूस नहीं करती, क्योंकि उसका अस्तित्व मेरी निगाह में इस काबिल ही नहीं, जिससे कुछ छिपाया जाए। इस प्रकार अनायास ही उस पुरुष की दृष्टि से ऐसा कुछ झलक उठा गोया उसने निगाहों में ही कह दिया हो कि मैं जानता था, तुम ज़रूर आओगी। और फिर वह लापरवाह होकर अपना काम करने लगा। मैं उसे काम करते हुए देखती रही। जानती थी कि उसे पता है कि मैं देख रही हूं। मगर मैं यह भी जानती थी कि अब वह दुबारा मेरी ओर नहीं देखेगा। वही हुआ भी।

'कुछ दिन बाद मैं फिर वहां गई। हम दोनों ने एक-दूसरे को देखा। एक आक्रामक-सी आत्मीयता अनुभव की। अब तक हम परस्पर एक शब्द भी नहीं बोले थे। मैंने ही बोलने में पहल करके उस आत्मीयता को नष्ट करने का प्रयास किया। —तुम हमेशा मुझे इस तरह क्यों तकते हो? —मेरा स्वर खासा तीखा था। मुझे यह सोचकर सकून मिला कि आत्मीयता को बेगानगी में बदलने का सबसे सशक्त माध्यम शब्द ही हैं। हम दोनों जो कुछ महसूस कर

रहे थे, उसे नाम देकर मैंने नकार दिया।

'कुछ लमहों तक वह एकदम खामोश खड़ा रहा। उसी तरह मुझे घूरता रहा। मैं आतंकित अनुभव करने लगी। शायद यह सोचकर कि यह आदमी कुछ नहीं बोलेगा और अपनी खामोशी से ही मुझे इस बात का साफ एहसास करा देगा कि ऐसे सवाल का जबाव देने की कोई ज़रूरत नहीं। लेकिन फिर भी जवाब दे दिया। कहने लगा—जिस लिए तुम मुझे तकती हो।

'गुस्ताख नज़रों से देखने वाले उस पुरुष के मुंह से गुस्ताखी-भरे शब्द सुनकर मैं एकाएक क्रोध में भर भाई—क्या बक रहे हो?

'—मेरी बकबास को अगर तुम समझ न पाई होतीं तो और अधिक हैरान होतीं और शायद तुम्हें इतना गुस्सा भी न आता।

'—बकवास बंद करो, तुम सिर्फ मेरी फैक्टरी के एक मज़दूर हो। और मैं अभी, इसी वक्त तुम्हें नौकरी से निकाल सकती हूं।

'—कहो तो मैं खुद ही मैनेजर को बुलवा लाऊं और फिर तुम उसे कहकर मुझे निकलवा दो?

'मैंने कोई जवाब नहीं दिया बल्कि अपमान को पीती हुई-सी मुसकराहट मेरे होंठों पर फैली हुई थी। और फिर थोड़ी देर बाद मैं कहने लगी—खैर, इस तरह मुझे घूरना छोड़ दो। और जब भी मैं यहां आया करूं, तमीज़ से बात किया करो।—मैं कुछ इस ढंग से कह रही थी गोया मुझे अपने स्वर पर कोई नियंत्रण ही न रह गया हो। थोड़ी देर के लिए मैं स्वयं को भूल गई कि मैं फैक्टरी की मालिक हूं। पूछने लगी—खासी कड़ी मेहनत करनी पड़ती होगी यहां तो?

'—बेहद।

'—बहुत थक जाते होगे?

'—बेहतर।

'—कैसा महसूस करते हो?

'—शाम को यह हालत हो जाती है कि चलना भी मुहाल हो जाता है। रात को बांहें तक नहीं हिला पाता। सोते समय अपने जिस्म का एक-एक पुट्ठा गिन सकता हूं। जोड़-जोड़ टूट रहा होता

है, और हर अंग में अलग-अलग तरह की पीड़ा अनुभव होती है।

'यह सुनते हुए मुझे ऐसा लग रहा था गोया मैं अपनी ही हालत उसके मुंह से सुन रही हूं और वह ऐसी बातें कह रहा हो जैसी कि मैं अपने बारे में सुनना चाहती हूं। ओर यह भी कि वह जानता है कि मैं क्यों ये सब बातें उसके मुंह से सुनना चाहती हूं।

'मैं एक आवेश की लपेट में आ गई। उस तुष्टिदायक आवेश में मैं यह चाह उठी कि मैं वहीं खड़ी-खड़ी उस पुरुष से लिपट जाऊं।

'लेकिन मैं बहुत शान्त स्वर में कहने लगी—लगता है, तुम इस माहौल के आदमी नहीं हो। मैं दावे से कह सकती हूं कि तुम मज़-दूर नहीं हो। पहले क्या थे तुम? लगता है, तुम्हें कहीं देखा है।

'—मैं एक मज़दूर ही हूं, क्योंकि मज़दूरी के बिना रोटी नहीं मिल पाती।

'—सो तो ठीक है, लेकिन मज़दूरी की इस मजबूरी से पहले तुम क्या काम करते थे? तुम तो पढ़े-लिखे मालूम होते हो।

'—पढ़ा भी हूं, लिखा भी हूं, लेकिन लिखने-पढ़ने की मज़दूरी से इस मज़दूरी को बेहतर समझता हूँ, इसीलिए उस मज़दूरी को स्वीकार नहीं कर सका।

'—मगर ऐसी तन-तोड़ मज़दूरी···

'—मन-तोड़ मज़दूरी से बेहतर है।

'—नाम क्या है तुम्हारा?

'—नाम जानकर क्या करोगी? नाम से क्या फर्क पड़ता है? कुछ भी नाम हो सकता है। कुछ नाम न हो तब भी काम चल सकता है। व्यक्ति का नाम तो दुनिया के इस बाज़ार में कोई अर्थ ही नहीं रखता। नाम की जगह सिर्फ नम्बर भी हों तो काम चल सकता है। नम्बर या कोई भी निशान, जैसे भेड़-बकरियों पर लगा दिए जाते हैं या पेड़ों पर खोद दिए जाते हैं या फिर जैसे कैदियों के गले में लटका दिए जाते हैं।

'मैं एकदम से मुड़कर चल दी। जानती थी कि वह मुझे पीछे से देख रहा है। मगर मैंने मुड़कर नहीं देखा। मैं जितनी जल्दी हो सके, वहां से हट जाना चाहती थी। और फिर कभी उसे

देखना नहीं चाहती थी।

'उसके सामने पड़ने को टालने के लिए मैं हर सुबह यह निश्चय करती कि अब फैक्टरी की ओर नहीं जाऊंगी। मगर मुझे यह महसूस होने लगा था कि शायद मैं अपनी आज़ादी खो चुकी हूं; अपने व्यक्ति की आज़ादी जिसे मैं बहुत प्यार करती थी। मैं जानती थी कि किसी एक इच्छा के विरुद्ध संघर्ष करने की स्थिति उत्पन्न हो जाना भी एक विवशता होती है। और यह विवशता व्यक्ति की उन्मुक्तता को समाप्त कर देती है। परन्तु मैं इस विवशता को स्वीकार करने लगी थी, क्योंकि मुझे इस प्रकार स्वीकार करना अच्छा लगने लगा था, क्योंकि ऐसा करके ही मैं उस पुरुष को ऐसी छूट दे सकती थी जिससे वह मुझपर छा सके। हालांकि ऐसा करते समय मुझे अपने मन में कहीं एक टीसता-सा संतोष अनुभव होता, क्योंकि वह टीस उस पुरुष की ओर से मुझ तक आ रही थी।

'मैं अपनी कोठी के लॉन में घूमती हुई उस पुरुष के बारे में सोचती रहती। मुझे इस बात का स्पष्ट एहसास था कि वह पुरुष मुझे प्राप्त करना चाहता है। हालांकि मैं उसकी पहली ही नज़र से, समझ गई थी, मगर मैंने आज तक अपने-आपको यह बताने से इंकार किया था, पर आज मैं स्वयं ही स्वयं को बता रही थी। यह बताती हुई मैं हंस दी। मैंने अपने चारों ओर निगाहें दौड़ाईं। निपट एकांत में बनी अपनी कोठी को निहारा। मैं जानती थी कि चाहे कुछ भी हो जाए उसका कुछ नहीं बिगड़ेगा। और मैं यह भी जानती थी कि मैं चाहूं तो उस पुरुष को एकदम नष्ट भी कर सकती हूं। कई दिन तक मैं इसी संतोष को लिए-लिए अपनी कोठी के कमरों में टहलती रही। फैक्टरी की ओर से आने वाले विस्फोटक स्वर सुन-सुनकर मुसकराती रही। मैं आश्वस्त थी कि मेरा यह मकान बहुत सुरक्षित है। और इस सुरक्षा की आश्वस्ति को मैं चेतावनी देना चाहती थी। जिस कमरे में मैं सोया करती थी उसकी एक बड़ी मज़बूत खिड़की थी। मेरे मन में यह इच्छा उत्पन्न हुई कि मैं इसे तोड़ डालूं। कहीं से ढूंढ-ढांढ़कर एक हथौड़ी ले आई और खिड़की पर मार-मारकर तोड़ने लगी। तोड़ते समय मेरी बांहों की हड्डियां दुखने लगीं।

आखिर मैं कामयाब हो ही गई।

'उसके बाद मैं फैक्टरी गई। उसी आदमी के सामने जा पहुंची और कहने लगी—कोठी में एक काम है, करना चाहोगे?

'—क्यों नहीं।

'—ठीक है, तो फिर आज शाम को आ जाना। खिड़की टूट गई है, उसे बदलवाना है। मैं चाहती हूं कि तुम वह टूटी खिड़की वहां से हटा लो।

'यह कहते समय मुझे बराबर यह आशंका हो रही थी कि यह आदमी इस काम को मना कर देगा। मगर वह पूछने लगा—कितने बजे आऊं?

'—सात बजे। यहां तुम्हें एक घंटे के कितने पैसे मिलते हैं?

'—घंटों का हिसाब नहीं, यहां तो दिन-भर काम करने पर पांच रुपये मिलते हैं।

'—तो ठीक है, मैं तुम्हें उस काम के पांच रुपये दे दूंगी। घर देखा है ना?

'—नहीं।

'—किसीसे भी पूछ लेना, सब बता देंगे।

'—ठीक है, तो मैं पहुंच जाऊंगा।

'मैं लौट गई। निराश। महसूस कर रही थी कि हमारे बीच का कुछ खो गया है। उस आदमी के शब्दों से कुछ ऐसा लगा था कि इतना मामूली काम तो वह किसी भी और मज़दूर से कह सकती थी, मुझे ही कहने क्यों आई। यह सोचते हुए मुझे कुछ हेठी-सी भी महसूस हुई, मगर साथ ही एक खुशी भी। शायद हेठी और खुशी की यह मिली-जुली अनुभूति ही इस आदमी से मुझे मिली थी।

'शाम के सात बजे वह आ पहुंचा। छेनी और हथौड़ा उसके हाथ में था। आते ही पूछने लगा—कौन-से कमरे में?

'मैंने अपने शयनकक्ष की ओर संकेत कर दिया। वह कमरे में चला गया। मैंने सोचा था कि इस अदमी को इस घर में घुसते हुए कहीं हीनत्व अनुभव होगा। लेकिन हो यह रहा था कि यह आदमी जिस शान से इस घर में घुसा था, उसके सामने यह घर

हीन हो उठा था। शयनकक्ष में घुसते समय उसने वहां की किसी चीज़ पर निगाह नहीं डाली। वह सीधा खिड़की के पास जा पहुंचा।

'—यही है वह जिसे हटाना है।—मैंने उस ओर इंगित कर कह दिया।

'वह कुछ नहीं बोला। उसने दीवार और खिड़की के बीच छेनी रखकर दनादन हथौड़े चलाने शुरू कर दिए। और देखते ही देखते खिड़की के बचे-खुचे टुकड़े अलग हो गए। फिर उसने मेरी तरफ देखा। यही वह दृष्टि थी जो मुझे डराती थी। इस दृष्टि में एक ऐसी हंसी छिपी हुई थी जिसका कोई जवाब नहीं दिया जा सकता था। क्योंकि उस हंसी को देखा नहीं जा सकता था, सिर्फ महसूस किया जा सकता था। मैं उसके करीब आ गई। उसके इतनी करीब मैं पहले कभी नहीं आई थी। इस समय उसके जिस्म का एक-एक पोर देख रही थी। हम दोनों जिस्मों के बीच सिर्फ एक इंच का फासला था। सिर्फ एक ज़रा-सी हरकत काफी थी कि दोनों जिस्म परस्पर छू सकते थे। तभी मैं एक कदम पीछे हट गई। बिस्तर पर जा बैठी। बांहें पीछे करके गर्दन भी पीछे की ओर झुका ली। पलंग की पाटी के साथ लटकती हुई टांगों को एक-दूसरी के ऊपर रखकर भींचने लगी।

'काम निपटाकर वह आदमी पूछने लगा—अच्छा, तो अब चलूं। मैंने उठकर पांच का एक नोट उसे दे दिया। देते समय मुझे ऐसा संदेह हुआ कि वह नोट मेरे मुंह पर दे मारेगा, मगर उसने नोट लेकर अपनी जेब में रख लिया और बाहर निकल गया।

'इसके बाद मैंने उसके बारे में सोचना बंद कर दिया।

'शाम को वह आने वाला था नई खिड़की लेकर और मैं उसके आने का इंतज़ार कर रही थी। बेसब्री के साथ। बेसब्री का यह दमघोंटू खालीपन मुझे बेचैन किए दे रहा था।

'मगर नई खिड़की लगाने वह नहीं आया। आया तो एक और ही मज़दूर। उसे देखकर मैं चीख उठी—कौन हो तुम?

'उसने कांपते हुए अपना नाम बता दिया।

'—तुम क्यों आए हो?

'—जी, मैं···मुझे उसने भेजा है···।

'और उसे काम बताकर मैं बाहर निकल गई। लगभग भागकर बाहर निकल गई। गोया अपने-आपसे भागना चाह रही थी। बाहर जाकर बगीचे में खड़ी हो गई। लगभग कांप रही थी। बंद हथेलियों से अपनी आंखें दबाकर अपना गुस्सा ठंडा करने की कोशिश कर रही थी। मगर उस गुस्से के नीचे एक आतंक था, क्योंकि मैं जानती थी कि अब फैक्टरी की ओर नहीं जा पाऊंगी।

'लेकिन कई दिन बाद एक शाम मैं बेचैन होकर फैक्टरी की ओर चल ही दी। तेज़ कदमों चल रही थी, क्योंकि फैक्टरी बंद होने के पहले ही मैं यहां पहुंच जाना चाहती थी ताकि मज़दूर छुट्टी न कर जाएं। जिस समय वहां पहुंची उस समय छुट्टी होने वाली थी। मगर मुझे वह नहीं मिला। वह छुट्टी कर गया था।

'मैं सड़क पार करके जंगल की तरफ चलने लगी। एक जगह रुककर मैंने एक पेड़ की टहनी तोड़ी। टहनी के पत्ते साफ करके टहनी का सांटा-सा बना लिया और फिर उस सांटे को हवा में सनसनाती हुई घुमाने लगी गोया, हवा को सांटे से मार रही हूं, गोया समय को सांटे मार रही हूं कि जितनी जल्दी हो सके, यह शाम बीत जाए और अगली सुबह आ जाए।

'तभी मेरी निगाह उस आदमी पर जा पड़ी। वह मेरे आगे-आगे अकेला चला जा रहा था। मैं दौड़कर उसके पास जा पहुंची। वह रुक गया। हम दोनों कुछ नहीं बोले। परस्पर तकते रहे। थोड़ी देर के बाद मैंने सपाट स्वर में पूछा—तुम खुद क्यों नहीं आए?

'—मैं नहीं गया, वह चला गया, एक ही बात है। क्या फर्क पड़ गया? कि कुछ फर्क था?

'मुझे उस पुरुष के ये शब्द तमाचा-सा मार गए। मेरे हाथ में पकड़ा हुआ टहनी का सांटा अनायास ही हरकत में आ गया। और मैं क्रोध में भरकर उसपर वार कर बैठी। और फिर सांटा मार-कर तत्काल ही लौट गई।

'एक शाम का ज़िक्र है। मैं अपने कमरे में बैठी हुई थी। बाहर

अंधेरा हो चुका था। चारों ओर एकदम सन्नाटा था। मैं सोने की तैयारी कर रही थी कि तभी वह आ पहुंचा। सीधे मेरे शयन-कक्ष में आकर मेरे सामने खड़ा हो गया। बड़ी ही विचित्र मुद्रा में था वह। उसे देखकर मैं डर गई। झट से बिस्तर से उठ खड़ी हुई। वह अभी तक वैसा का वैसा ही खड़ा था। मगर मेरे उठते ही वह बढ़ने लगा और फिर कुछ इस ढंग से झपटकर उसने मुझे दबोच लिया गोया अपनी बांहों में दबाकर मेरी पसलियां तोड़ डालेगा। मैं आतंकित हो गई। उसकी गिरफ्त से अपने-अपको छुड़ाने के लिए अपनी कुहनियां उसके गले में दबानी शुरू कर दीं तथा कई तरह से अपने शरीर को मरोड़े देकर मुक्त कराने का प्रयास किया। नहीं जानती थी कि यह सब मैंने आतंकवश किया और यह आतंक मुझपर पहले हावी हुआ था या फिर पहले हावी होने वाली भावना कोई और थी। मुझे अपने-आपके प्रति इतना संदेह हो आया कि हो सकता है पहले मैंने स्वयं को उसकी बांहों में सिमट जाने दिया हो और फिर बाद में आतंक से सिहरकर मुक्त होने की कोशिश की हो, क्योंकि आज से पहले मुझे इस प्रकार की अनुभूति कभी नहीं हुई थी। मेरे लिए यह बिलकुल एक नई चीज़ थी।

‘ मैंने बेतरह कोशिश की कि किसी तरह अपने जिस्म को उधेड़कर उससे अलग कर लूं; लेकिन इस सारी कोशिश में मैं और अधिक टूटकर उसकी बांहों में सिमट गई। थोड़ी देर बाद फिर सिहर उठी और हाथों से उसके कंधों पर प्रहार करना शुरू कर दिया। उसने अपने एक हाथ से मेरी दोनों कलाइयां पकड़कर मेरे ठीक पीछे दबा दीं। मैंने अपनी गर्दन पीछे की ओर झटककर सिर को इधर-उधर हिलाना शुरू कर दिया तो मैंने महसूस किया कि उसके होंठ मेरी गर्दन में धंसते चले जा रहे हैं। मेरे चेहरे का रंग उड़ गया था। मैं बुरी तरह आतंकित हो गई थी। मगर वह हंस रहा था। उसके चेहरे पर हंसी की सिर्फ हरकत थी, कोई आवाज़ नहीं। हंसने के साथ ही उसने जानबूझकर मुझे छोड़ दिया और अपने कूल्हों पर हाथ रखकर मेरे सामने खड़ा हो गया।

मैंने उसके पीछे खुले हुए कमरे के दरवाज़े की ओर देखा। अभी मैं उधर बढ़ने के लिए हिली ही थी कि उसने अपनी एक बांह लम्बा कर मुझे रुकने का संकेत किया। मैं रुक गई। मगर जब खड़ी न रह सकी तो घड़ाम से बिस्तर पर गिर पड़ी। आतंक की इस बेहोशी में ही मेरे कंधे बिस्तर पर से उठने का प्रयास करते दिखाई दे रहे थे, मगर मैं उठ नहीं पा रही थी।

'वह फिर मेरी ओर बढ़ा। जैसे ही वह मुझपर झुका, मैंने अपने दांत उसके हाथ में गाड़ दिए। उसके हाथ से खून निकल-निकलकर मेरे मुह में ओने लगा तो मैंने अपने गड़े हुए दांत निकालकर गर्दन को पीछे की ओर झटक दिया।

'मैं पशुवत् जूझती रही, परन्तु उस जूझ से कोई शब्द नहीं निकला। न मैंने किसीको सहायता के लिए पुकारा। मेरे प्रहारों की जुझ उसकी सांसों में जाकर खो जाती। मुझे ऐसा महसूस हो रहा था जैसे मेरे शरीर का सारा रक्त मेरे गले और आंखों में आकर इकट्ठा हो गया है। और मुझे अपनी नस-नस में एक असह्य आतंक रसमसाता हुआ महसूस होने लगा। तभी जाने कैसे मेरा हाथ हथौड़े के हत्थे पर जा पड़ा और पता नहीं किस तरह से मैं उठकर खड़ी हो गई और फिर नीचे फर्श पर औंधे पड़े उस आदमी के सिर पर बेतहाशा हथौड़ा चलाने लगी।

"मुझे यह भी याद नहीं कि उस के मुंह से कोई चीख निकली थी कि नहीं। शायद नहीं। और मैं यह भी नहीं कह सकती कि मेरे पहले ही वार से उसके प्राण निकल गए थे या बार-बार प्रहार करने से। मुझे तो सिर्फ यह याद है कि जब मैं उठकर बड़े आईने के सामने खड़ी हो अपने-आपको देखने लगी तो अपने शरीर पर लगी खरोंचें देखकर सिहर उठी थी। यह सिहरन खरोंचों के कारण नहीं थी, बल्कि इस एहसास के कारण थी, जिस एहसास में मैं उस समय अपने शरीर पर उस पुरुष के शरीर का आभास बनाए रखना चाह उठी थी। और मैं यह भी जानती थी कि इस प्रकार की इच्छा जागृत होने का क्या अर्थ है। इसी अनुभूति से सनी हुई मैं फर्श पर पड़ी उसकी लाश के साथ लिपट गई और रात-

भर उसी तरह लेटी रही।'

लारा के इस बयान को अपराध की स्वीकृति मानते हुए सेशन अदालत ने उसे आजीवन कारावास का दंड सुनाया था, लेकिन कलकत्ता हाईकोर्ट में अपील करने के बाद इसी बयान के आधार पर बचाव-पक्ष के वकील ने हाईकोर्ट को यह विश्वास दिला दिया कि यह कोई इरादतन किया गया कत्ल नहीं था, बल्कि किसी मानसिक ग्रंथि के कारण ही लारा से वे प्रहार हो गए थे जोकि घातक सिद्ध हुए, अन्यथा उसके बयान में अभिव्यक्त हुई भावनाओं से स्पष्ट था कि लारा अपने मन में कहीं उस व्यक्ति को बेतरह प्यार करने लगी थी और प्यार की इसी विवशतावश वह अपने प्रेमी की लाश के साथ लिपटी पड़ी रही थी।

बचपन से लेकर जवानी तक लारा को जो माहौल मिला था, उसने उसके अंतर्मन में एक विचित्र प्रकार का खालीपन पैदा कर दिया था और वह नितांत आत्मकेंद्रित होकर अपने अकेलेपन को प्यार करने लगी थी। मगर फिर भी कहीं किसी कोने में उसमें किसी का प्यार पाने की हुक थी और यह हूक जब-जब उसके खालीपन को भरने के लिए बढ़ती, लारा बौखला उठती।

वास्तव में यह एक मनोरोग था और इसका उपचार मनोरोग-विशेषज्ञ ही कर सकते थे। किसी कारागार में तो इसका यह रोग और अधिक उग्र रूप धारण कर सकता था।

शायद यही सोचकर कलकत्ता हाईकोर्ट ने लारा की उम्र कैद की सज़ा रद्द करके उसे मनोरोग चिकित्सालय में भेजने का हुक्म दिया था।

•••